孟繁华　主编

新中国六十年百部中篇正典

家道 魏微

逝者的恩泽 鲁敏

起舞 迟子建

北方联合出版传媒(集团)股份有限公司
春风文艺出版社
·沈阳·

图书在版编目（CIP）数据

家道/魏微著. 逝者的恩泽/鲁敏著. 起舞/迟子建著. —沈阳：春风文艺出版社，2018.7（2022.1重印）

（百年百部中篇正典/孟繁华主编）

ISBN 978-7-5313-5486-4

Ⅰ.①家… ②逝… ③起… Ⅱ.①魏… ②鲁… ③迟… Ⅲ.①中篇小说—小说集—中国—当代 Ⅳ.①I247.5

中国版本图书馆CIP数据核字（2018）第129237号

北方联合出版传媒（集团）股份有限公司

春风文艺出版社出版发行

http://www.chunfengwenyi.com

沈阳市和平区十一纬路25号　邮编：110003

北京一鑫印务有限责任公司印刷

选题策划：单瑛琪	责任编辑：张玉虹
封面设计：琥珀视觉	责任校对：于文慧
印制统筹：刘　成	幅面尺寸：145mm × 210mm
字　　数：134千字	印　　张：5.5
版　　次：2018年7月第1版	印　　次：2022年1月第4次
书　　号：ISBN 978-7-5313-5486-4	
定　　价：28.00元	

百年中国文学的高端成就

——《百年百部中篇正典》序

孟繁华

从文体方面考察，百年来文学的高端成就是中篇小说。一方面这与百年文学传统有关。新文学的发轫，无论是1890年陈季同用法文创作的《黄衫客传奇》的发表，还是鲁迅1921年发表的《阿Q正传》，都是中篇小说，这是百年白话文学的一个传统。另一方面，进入新时期，在大型刊物推动下的中篇小说一直保持在一个相当高的水平上。因此，中篇小说是百年来中国文学最重要的文体。中篇小说创作积累了极为丰富的经验，它的容量和传达的社会与文学信息，使它具有极大的可读性；当社会转型、消费文化兴起之后，大型文学期刊顽强的文学坚持，使中篇小说生产与流播受到的冲击降低到最低限度。文体自身的优势和载体的相对稳定，以及作者、读者群体的相对稳定，都决定了中篇小说在消费主义时代能够获得绝处逢生的机缘。这也让中篇小说能够不追时尚、不赶风潮，以"守成"的文化姿态坚守最后的文学性成为可能。在这个意义上，中篇小说很像是一个当代文学的"活化石"。在这个前提下，中篇小说一直没有改变它文学性的基本性质。因此，百年来，中篇小说成为各种文学文体的中坚力量并塑造了自己纯粹的文学品质。中篇小说因此构成百年文学的奇特景观，使文学即便在惊慌失措的"文化乱世"中也取得了令人瞩目的艺术成就，这在百年中国的文化语境中不能不说是一个奇迹。作家在诚实地寻找文学性的同时，也没有影响他们对现实事务介入的诚恳和热情。无论如何，百年中篇小说代表了百年中国文学的高端水平，它所表达的不同阶段的理想、追求、焦虑、矛盾、彷徨和不确定性，都密切地联系着百年中国的社会生活和心理经验。于是，一个文体就这样和百年中国建立了如影随形的镜像关系。它的全部经验已经成为我们最重要的文学财富。

编选百年中篇小说选本，是我多年的一个愿望。我曾为此做了多年准备。这个选本2012年已经编好，其间辗转多家出版社，有的甚至申报了国家重点出版基金，但都未能实现。现在，春风文艺出版社接受并付诸出版，我的兴奋和感动可想而知。我要感谢单瑛琪社长和责任编辑姚宏越先生，与他们的合作是如此顺利和愉快。

入选的作品，在我看来无疑是百年中国最优秀的中篇小说。但"诗无达诂"，文学史家或选家一定有不同看法，这是非常正常的。感谢入选作家为中国文学付出的努力和带来的光荣。需要说明的是，由于版权和其他原因，部分重要或著名的中篇小说没有进入这个选本，这是非常遗憾的。可以弥补和自慰的是，这些作品在其他选本或该作家的文集中都可以读到。在做出说明的同时，我也理应向读者表达我的歉意。编选方面的各种问题和不足，也诚恳地希望听到批评指正。

是为序。

2017年10月20日于北京

目　录

家　道

魏　微

一

父亲出事以后，生活的重担就落在母亲一个人身上，其时她四十出头，我年方十九，正在大学里读书。父亲出事的当天，我没在现场，据母亲说，市委王伯伯打来电话，通知父亲参加一个重要会议，那是周末的一个晚上，夫妻俩正在吃饭——他们俩实在难得一起吃饭的，因为父亲总是很忙。

王伯伯是市委秘书长，和我们家关系一向不错；我印象中他是个胖子，走路一阵风似的，说话却是慢吞吞的，而且最会敷衍小孩子，丫头长丫头短，问问你的成绩，摸摸你的小辫子——我小时候，他常来家里走动，当然那时他还没有"入仕"，和父亲一起在中学里任教。

电话是我母亲接的，很多年后，她都不愿提起这一幕。她说，他怎么就做得出呢，他声音没有一点异样。

原来，那天晚上并没有什么会议，王伯伯受命设了个圈套，待父亲急匆匆地赶到市委招待所，看到门廊里转悠着几个便衣，会议室里端坐着几个"上面来的人"，他就明白是怎么回事了。父亲在被捕前是我们那地方的财政局局长，俗称"财神爷"的。接下来的事情我就不多说了，无非是立案，审判，抄家，程序上的事我也不是很懂。父亲被判了八年，罪名是行贿受贿，这成了我们小城最轰动一时的案件之一。

　　"轰动一时"是什么意思呢，说的是此案涉及面太广，不少省部级的大人物都被裹挟其中，相比之下，父亲的官阶卑微如草芥（他是处级），他不过是环环相扣中最不起眼的那一环，而且是顺手牵羊得到的"战利品"。

　　那么"之一"呢，说的是那些年，我们城总有一些官员落马，上至市委书记，下至银行行长、电视台台长……明白了吧，都是一些小城"要人"，属于媒体上常说的"连挖几条蛀虫，百姓拍手称快"这一类的，其实我估计，百姓拍手称快也谈不上，因为这类事太多，在父亲出事的前后五六年间，每年总有人家在鬼哭狼嚎，也有死的，也有疯的，他们都是我母亲所说的"官宦阶层"。

　　我母亲很喜欢说政治术语，其实她于政治上并不很通，我也不通，但我至少不像她那么天真，比如在王伯伯打电话这件事上，她就很感"冷风彻骨"，其实，这有什么好心寒的呢？换了父亲，他也会这样做，所不同的是，父亲很早就被吃了，而王伯伯笑到了最后。

　　王伯伯后来官运亨通，调至省城，升至副厅，现在应该是退休了，我想这也是常情，他本来就比父亲更适合当官。当官这件事，照我的理解，也有适合不适合的，就像有的人适合当诗人，有的人适合演戏，有的人适合练田径一样，我父亲适合当中学语文老师。

老天爷，你不知道我父亲的课上得多好，他是我们城里著名的四公子之一，尤以博览群书、出口成章著称，我没福成为他的学生，却有幸做了他的女儿。很多年后，我遇上他早年的一群学生，还跟我遥想起当年的小许老师，何等的风流秀雅，遥想起他带他们去野外踏青、吟诗作赋的情景。那是他们一生中的好时光，可是我想，那又何尝不是父亲一生中的好时光呢？

父亲培养的学生中，有几个是"文革"后的第一批大学生，还有一些是考上北大清华的，有经商的，从官的，务农的……据我所知，父亲待他们一视同仁，我想那是因为他爱他们，这其中，父亲尤其赞赏那些教书育人的，他说，教育，兴国之本哪！可是后来，他自己却八竿子打不着地当了个财政官员。

父亲的"发达"可能连他自己都没想到。很多年后，我还能记得我七岁那年的夏天，他坐在院子里，和一群学生在畅谈诗书、教育的情景。他穿白府绸衬衫，黑长裤，戴黑框眼镜，那样子也就是个读书人。他安于做一个读书人，我猜想，也乐意把这种清高古朴的气息传递给他的学生；这气息隐隐伴随他一生，在他得意的时候，失意的时候……我现在想来直犯怵，不知父亲该怎样的身心分裂，因为无论"入仕"还是"入狱"，他身上的气息于这两处环境都是格格不入的。

我记得有一年冬天，那时他已是市委书记的红人，好像也熬到市委办副主任这样的位子上。那天晚上，他大概是喝了点酒回家，脸色泛白，可是特别想说话，便把我从被子里摇起来，借故检查我的功课，说：给爸爸背两句论语。

我那年小学四年级，还没有学论语。

他说，那爸爸给你背。

他站在床边，摇头晃脑地就背了起来，像个学童一样。很多年后我都不能想起这一幕，因为一想就要落泪，因为那天晚上他神色痴迷，实在背了些什么，他自己并不知道：那些字句已刻到他的记忆里，成了他的潜意识——因为那些字句于他已派不上用场。

即便后来做了不相干的财政局局长，每天晚上他也必回书房坐上一会儿，他那些线装书早就不看了，取而代之的是经济、政治、现代企业管理这一类的书，摆在书橱最显要的位置，究竟这些书他看了没有，我也不知道。他整天忙得昏天黑地，恐怕也难得静下心来读点书。

很多年后，我父亲总结他失败的一生，得出一个结论，除了授课，他别无用处。

那么现在，让我们把视线再转回那年夏天的午后，看看父亲和他的学生们，怎样坐在葡萄架底下，一边摇着芭蕉扇一边说笑的情景，这清寒、平静的时光所剩不多了——我父亲并不知道，早在两个月前，他的材料就被有关部门调走，其时百废待兴，求贤若渴，正值提倡"干部年轻化、知识化"的春天，那也是父亲的春天哪，他三十四岁，英气勃发，因写得的一手好文章——《关于高中语文教学的几点思考》等——被组织部门看中了，说，这是个很好的干部人选嘛，先过来给领导写材料吧。

父亲就这样成了领导的秘书，开始了他短暂、疲惫的飞黄腾达之旅。

也就是这年夏天，我奶奶说，她看到一片紫云从我们院子上空流过。紫云当然是吉祥之云了，我奶奶心想，莫非儿子就要走红运了？大太阳底下她把双手一合，咕哝了几声"阿弥陀佛""菩萨保佑"，一颗心跳得怦怦作响。

我父亲笑她的附会，因为紫云也流过别的人家了。

我奶奶说：那不管，谁看到了谁作数。

不管怎么说，我父亲的升迁给奶奶带来了极大的安慰，她只有这么一个儿子，每天烧香拜佛，为的就是让他升官，发财，养儿子（我父母只有我一个女儿）。

父亲的升迁也给我们家族带来了荣光，我们许氏家族洋洋上百口人丁，几十年间就很少出过官绅、秀才、有钱人，现在父亲一步登天，"把这些都占了"。我有个堂爷爷颇有点见识，告诫父亲说：小心点，官可不是那么好做的！它既能抬你，就能灭你。

多年以后，这话竟成了谶语！

想必父亲在那年秋天，也听到了这句谶语，但是他没往心里去。那年秋天，来家里贺喜的人络绎不绝，亲朋好友，近邻旧交……我们全家迎来送往，断断续续忙了一个多月，就连七岁的我也被当个人用了，端茶送水，偶尔也被支使出去买糖果糕点——我简直是满怀喜悦，一路飞奔跑到小卖店，再一路飞奔地跑回来，末了还不忘向母亲报账，我买的是最便宜的糖果。

全屋子的人都笑了。

就有人说，你很快就会吃上最贵的糖果了。

也有人把我拉进怀里，搓搓我的头发，捏捏我的小手，说，这丫头真漂亮，你看这双大眼睛，哎呀，真是可爱死了。

我也略微有些疑心，觉得人家是在奉承我——当时，我还不知道有"权力"这一说，可是我分明就看见了它，在我父亲身上荡漾着，闪着光，我知道这是个好东西。我从七岁那年渐知人事，因为父亲的发达，把我卷进了一个纷繁嘈杂的群体，家里常常门庭若市，一群人走了，一群人又来了，是从这一年开始，我额外得到太多人的疼爱关照，直到十二年后父亲入狱，一切戛然而止。

我从来没有责怪过这些人，这是真的；即便很多年后，我也记得当年的自己，怎样沐浴在屋子的日光里，家里充满欢声笑语，简陋的客厅也自蓬荜生辉。才七岁呀，可是我的心也因晓得感激而颤抖。有那么一瞬间，我想我定是抬起了头，我要看看他们，他们的笑容，友善的眼神，嘴里喷出来的烟的气雾……直到今天，我仍感念他们给予我的欢乐尊严，他们坚持了十二年哪；只是我的喉咙现在涩得发疼。

那年秋天，我父亲坐在客厅里，接受各色人等的祝福，他架着腿，微笑着，他的态度几乎是谦卑的，破例很少说话了。我想他一下子还不能适应。我父亲很少觊觎什么，他出身寒门，一没有关系，二不走后门，况且他也是个老实人，暂时还没那么多的想象力。至少在那年夏天，他坐在葡萄架下扯闲篇的时候，我们已注意到他恬淡无欲的表情，穷则独善其身，他在他的角色里深深地沉醉了。

可是突然一阵晴天霹雳，我父亲抬头看看天，简直忍不住要笑了。嗯，他也想"达则兼济天下"了。

二

很多年后，当父亲刑满释放，拎着包裹走回家的一条偏僻小路，当他看见夕阳，小草，野花；当他走累了，索性坐下来，回头看看身后的山峰，高墙，电线杆……这些孤寂的物件陪了他八年，层峦叠嶂地让他想起自己雾蒙蒙的一生！当他的眼睛掠过蓝天白云，终于能看到更久远的往事——他所经历的荣华富贵，以及他从荣华富贵中焐吸到的冬阳的温暖，我父亲闭了闭眼睛，他后来跟我说，那一刻他脑子有点闷。

我父亲的脑子坏掉了，八年的牢狱生活使得他根本不在现实里，人生的荒诞感其实在很多年前他从中学老师一跃而成为市委办秘书的时候，他就略微感觉到了；所以晚年的父亲常说，越想越觉得是一场梦啊！这几乎成了他的口头禅。

我也有种做梦的感觉，人世亦真亦幻，若不是亲身经历，恐怕很难有这种体会。父亲永远也不会知道，在他身陷牢狱的那段日子里，我和母亲过着一种什么样的生活，对比过往的繁华，那不是荒诞又是什么呢？

我母亲是个很有身份感的女人，以前是一家工厂的会计，在父亲发达以后，她就辞了职，过起了相夫育子的官太太生活。其实父亲的发达，最大的受益者就是我母亲，这使她的虚荣心得到了极大的满足，依我看，她的满足与其说来自物质，倒不如说是精神上的自尊自足。我举个例子，在我们家门庭若市的那些日子里，由我母亲经手的小恩小惠总是有一些的，比如冰箱，彩电，洗衣机，照相机（这都是那个时代的奢侈品），过年过节时我的压岁钱，全家的吃穿用度：羽绒衣，羊毛内衣，进口水果，乡下的土特产品……

我们果真需要这些贿赂吗？需要也是需要的，但最让我母亲喜欢的，恐怕还不是这些物件本身，而是它背后所散发出的人世的光辉，这光辉里有整个的人情世故，使人忍不住就想回味叹息。送礼也需讲究的，话不能明说，但又不能不说。坐在富贵人家的客厅里，首先笑容就不能寒缩，言谈可以谄媚一些，但必须得克制，否则就是下作了。坐在富贵人家的客厅里，最讨巧的不是巴结奉迎，而是要跟这户人家的主妇取得联络，比如适当的时候，可以推心置腹，说说爱情、婚姻、孩子等诸多烦恼，说说烹饪和时装，当然了，要是熟了，那便是什么胡话都说得的，比如乡野趣闻，男盗女娼……

我记得好几次，我母亲坐在客厅里咯咯地笑，她是真的开心了。权势人家的尊贵她想要，市井小民的粗鄙热闹她也喜欢，而这两者，在父亲当权的那些日子里，竟然有机地结合在一起，相得益彰。

不得不说，我母亲一生所能体味到的幸福全在这里了，它是欢乐，体面，尊严……你明白了吗，当她意识到自己高高在上，而她又不惜屈尊，愿意平等待人；当她知道，自己的枕边风很有可能改善一个人乃至一个家庭的命运和境遇，我母亲的满足感油然而生。于别人，她是一个有用的人，还有什么比这个让她活在世上更有滋味的呢？

我母亲绝不是个愚笨的女人，事实上她非常精明，对人世的转弯抹角处，她闭着眼睛都能安全通过，我父亲后来的发达，一部分是由于她的督促携助。

她也不算贪婪，比如在受贿这件事上，她绝对知道哪些是非收不可的（否则就太不近人情了），哪些是可收可不收的，哪些是收了有危险的……她把眼风稍稍向上一抬，芸芸众生全在她脑子里流过。为丈夫的仕途计，她一直都小心翼翼，也为他挡了不少事；适当的时候她也会回送一些小礼，这就有礼尚往来的意思了。

一直以来，我母亲都以为，她已为丈夫找到了一条安全路径，所以对他后来的出局，她也只好感慨命运不济了。

我母亲所说的命运不济，是指父亲领导的犯事，很多年后，她还忍不住向我抱怨说，黄雅明是真糊涂，他在官场混了那么多年，什么钱能收、什么钱不能收，什么人能交、什么人不能交，他怎么就没数了呢？他哪怕稍微小心点，你爸也不至于今天这样！

黄雅明是父亲从前的领导，以前是我们这里的市委书记，后来升任了副省长。早些年，我曾在电视上见过他，一个高高瘦瘦的中年人，戴着眼镜，喜欢背着手，稍稍有点驼背。总之，他天生一副为官者的派头，表情严肃，性格果决，我至今还能记得，他发表电视讲话时的严厉口气，坐在主席台上，一拍桌子就站了起来。

还有他赶赴抗洪救灾第一线，穿着雨衣，双手叉腰站在河堤上。

或是大年初一，他率领四套班子成员，驱车赶往乡下，给贫困户带来温暖，他坐在破旧的房舍里，膝上放着一个孩子，手拉着一个老太太的手，也不过是说些家常，问问收成怎样，家里有几口人，这时候，他亲切得就像这户人家的亲戚。

这些，我们都是从电视新闻里了解的。他所到之处，难免人头攒动，而他背着手，只是静静的。有那么一瞬间，这世上好像只剩下他一个人，而他的目光遍及四野，到处都是。总之，他向我们老百姓展示了一个官人所应该有的气魄和魅力，使我们唏嘘向往，使我们满足叹息。

有一次，我母亲竟在人群里看见了父亲，他穿着单衫，胳膊底下夹着一个公文包，在离黄书记不远的地方挤进挤出，忙得不亦乐乎。

我母亲喜得直推我，说，快看快看，你瞧你爸的样子，屁颠屁颠的。

可是镜头一闪而过，我竟错过了父亲"屁颠屁颠"的模样。那天晚上，我们全家莫名其妙都有些兴奋过度，想来父亲不过是千百人群中的一个，他的电视形象怕也未必好，忙得汗流浃背的，那样子也就一个小喽啰，然而我们都为他感到激动，就好像他挨着领导近，他身上总归也能沾上一点官气。

从此以后，我们全家定点收看电视新闻，只是我们再没看到父亲，看到的都是黄书记。

照实说呢，黄书记这人还是不错的，他虽然会做些官样文章，在我们这一带的声名却相当好，因为亲民，也毕竟做过一些实事。他在任五年，对于国企，引进外资，安置下岗工人，都进行过卓有成效的改革，而这些，都是他的庸碌无为的前任不能及的，可是他的前任平安无事，他最后却死在了监狱里。

他被判了二十年。由于他的东窗事发，带来了一大群人的家破人亡，这些人多是他从前的部下，或是亲信，这其中也包括我父亲。

他是得癌症死的。他死的时候，我父亲还在服刑，当我们把听来的消息转告给他的时候，他舔了舔干燥的嘴唇，也没有说什么。

是呀，还有什么好说的呢，人世如此，直叫我们无言。

三

我奶奶死于父亲入狱三个月以后，享年六十八岁。她本来身子骨柔弱，咳咳嗽嗽总是难免的；起先，我们把父亲的事向她瞒过了，只推说他去省里学习了，怎么着也要有半年才能回来。她搭了我们一眼，也没有说什么。

她是何等敏感的老人，把什么都看在眼里了，可是她什么都不说；她不说，这事还留有余地，她一说，这事就成真的了。

她说，你不好好在学校待着，这时候跑回家干什么？

我嗫嚅道，回来搞社会实践。

那阵子，我和母亲都快疯了，因为父亲的量刑还没下来，我们不得不游走于一些显赫有权势的人家，他们多是父亲的旧交，或是老上级。你可以想见，我们娘儿俩怎样徘徊于夜晚的街道上，或是孤零零地站在人家门口，为是否敲一敲门而犹豫不决。曾几何时，我们也该是他们的座上客，可是今天，我和母亲只感到自卑和巨大的压迫。

一切都变了呀。我不能想象当年的自己，寒寒缩缩地站在人家门口，那脸上一定有着贱民的表情，那是受了惊吓的，寒窘的，梦游一般的，既让人同情也使人厌烦……若真如此，我想我一定会羞愧至死，落魄竟让人如此丑陋，没骨气！若非如此，我又很难理解这些人家为什么要从门缝里看我们，或是堵在门口，朝我们讪讪地笑着。

我们也只好低头讪笑，抱歉地说道，那就不打扰了。

只有寥寥几户人家接待了我们，所谓接待，也不过是把我们让进客厅，劝慰两句，并未能帮上任何忙。其中一个潘伯伯，时任监察局局长，倒是和我们感慨了一通世事无常。我们听着，难免就要掉泪，既伤心，又觉得宽慰，又像一切离得很远，是在做梦。我们懵懵懂懂地坐在人家的客厅里，很小心地说一些话，心里有一种奇怪的飘飘忽忽的感觉，就连痛苦也不太能察觉，更像做梦了。

潘伯伯说，光明是跟错人了呀。

我母亲说，依你看，这事就没指望了？

潘伯伯叹口气说，现在风声那么紧，案子又大——

我母亲突然捂住脸，失声痛哭。她真是被吓着了。她说，光明，我们家光明不会是死罪吧？

潘伯伯抬了抬眼睛，搭了她一眼。他虽然神色端正，然而我总感觉他脸上隐隐有笑意。他说，他是不是死罪，你应该清楚吧？

我母亲低了低眼睑，不说话了。我父亲的收入是笔糊涂账，我母亲虽精于算计，估计弄到最后她也糊涂了。后来母亲跟我说，老潘想套我的话，你发现没有？——她哧的一声发出冷笑：我还奇怪了呢，这个点上他倒不避嫌疑了，还有头有脸地把我们请进客厅，原来是跟我玩这套！

我听了，也不知该说什么。我母亲现在草木皆兵，她不再相信任何人了。对整个世界她都怀有芥蒂和提防。那阵子，她隔三岔五就被纪检部门传唤，我能想象，她被关在一个小房间里，头顶上的日光灯发出刺眼的光，有时一坐就是一天，一夜，两夜，有时是她一个人，有时会进来一些人，问她一些话，他们都和颜悦色的，说，没关系，你再好好想想，我们有的是时间。

可是我母亲始终不说话，她抬头眯了他们一眼，她的眼神都是直的。待她出来的时候，看见满世界的青天白日，她整个人差不多也要摇晃了。我想，那时她已经到了精神的临界点，父亲的案子再不判，她可能就要崩溃了。可是她也有神志清醒的一瞬间，跟我说，你放心，你爸不会有大事的，最多判个五六年，我有数的。

我哭道，你就什么都招了吧，既然爸没事，你何苦要受这份罪？

她看了我一眼，竟然奇怪地笑了一声。她说，总有一天我会说的，但不是现在，我不想让他们过早称心如意。

我吃惊地看着她，不能想象她把眼睛看着空气时，心里到底在想些什么。那是一张平静到呆板的脸，几乎没有表情；若是附会一点，我可以说，她的神情是硬的，里头有恨；然而我不愿意这么说，因为这些东西是看不出来的。

我说，爸到底行贿了没有？他贪污了多少？

她又笑了。很奇怪，那天我们娘儿俩的密谈，有点像说家常，两人都心平气和的，虽然这事性命关天，也涉及一个家庭的盛衰成败；所以我总相信，人在极端压抑、困顿的情况下，并不都是愁苦绝望的，某一瞬间，他们也会获得解放，身心悠远平静，那几乎可以达到"道"的境界了。

我母亲说，说你傻吧，你还真就傻了。入了这行当的，有几个是干净的，谁敢说自己是清白的，从来没拿过人一分钱，从来不送礼，从来不收礼，谁敢说？也就是量多量少，漏网不漏网罢了。

我说，那爸到底量多量少哇？

我母亲说，也就那么回事吧，只要盯上你了，几百块钱还能立案呢！再说了，你爸这人，你又不是不知道，胆子小得很，就他那么一窝囊废，让他给黄雅明送点美元，他还推三阻四，送了半年也没送得出去。

送美金的事我是知道的。那时我年幼，父亲也刚进市委办当秘书。那阵子，我母亲攀上了一门阔亲戚，是新中国成立前她逃到台湾的舅舅，老先生做点小本生意，一辈子无儿无女，晚年思乡心切，便壮胆回大陆寻亲来了（当时海峡两岸还少来往）。

我母亲分得几张百元美元，有一天跟父亲说，这东西稀罕，不如你给黄雅明送过去吧。

我父亲皱一皱眉头说，怎么送啊？

母亲说，你就说，这是亲戚给的，我们也用不上——她推了一下丈夫，嗔怪道，你这人真是的，这种话还要我教你的！

我父亲拉着脸，对妻子的这个提议明显感到不高兴。第二天早上，父亲还没吃早饭，就被母亲支使出去了，因为送礼"赶早不赶晚"。我后来猜测，我父亲压根儿就没去黄府，他径直去了一家豆浆店，在那儿一直坐到上班时间。或者呢，他去了黄府，看见铁门紧闭，也不便敲门，便沿着石阶坐下了。那是隆冬的早晨，时间六七点光景，天色还没有大亮，早起的环卫工人正在清洁街道。我父亲呆呆地坐在石阶上，袖着手，也不知他是否觉得冷，也不知他是否为自己感到凄凉。

我仿佛已经看到了这样的场景，因为我了解父亲，送礼会要了他命的，这一点我母亲从来不体谅；因为父亲跟我说过的，他说，丫头，世道艰难哪，官场根本不是你妈想的那样。

那段时间，他们两人总吵架，因为父亲没把美元送出去，理由是"不方便，黄书记家有客人"。我妈说，不可能，大清早他家哪儿来的客人！你去了没有？你说你去了没有？

有一天夜里，他们又吵起来了，我母亲口气严厉，历数丈夫的软弱无能之处，她说，许光明，你连这点屁大的事都做不好，我要是你，不如撞墙死了算了。

我一下子跳下床来，一脚踢开他们的门，朝母亲怒目而视。我父亲看了我一眼，苦笑了。我至今还能记得他那笑容，温绵的，难堪的。他不愿意我看到这一幕——我后来想，他愿意在我面前保持一个完好的父亲形象，优雅的，风光的，无所不能的……我替他们掩上门，哭了。我不能哭出声音来，所以就拿被子罩住了脸，身体痛苦地蜷缩成一团。我父亲的仕途竟是这样的艰难，里面充满了辛酸，卑贱，屈辱……世人只知富贵好，可是我看到的都是富贵背后的凄凉。

可是父亲也有"好"的时候，比如说，在他被封了官以后，在他一步步往上爬的过程中，在他忙得穷凶极恶，被人追得到处躲藏，偶尔也必得应付一下各类宴请、交游；在他从一个会场赶往另一个会场的途中，有人主动跑过来跟他握手寒暄；当他终于混到能坐上主席台——开始是边上，后来就慢慢地往中间靠——当他的名字有一天也出现在报纸、电视上，而且排名也不算靠后。我猜想，这是我父亲一生中最感温暖的时光。

我不想说，父亲为此"神魂颠倒"，事实上，风光这东西，一旦得到了，也不过那么回事，他渐渐露出疲沓相来了。但是男人嘛，没这东西好像也不行。

总之，就是在这段时间里，我发现了父亲身上在他做中学老师时所不曾有的魅力，那时他也有魅力，只因长得好，气质淡雅清香，可那是书生的魅力，怎堪比"仕"的魅力：那是向外发散的，光芒四射的，热烈的，自信的，使人甘愿俯首称臣的……那是男人的魅力呀。你简直没法想象我父亲当时的样子，他戴着眼镜，神情笃定坚毅——我直好奇，因为父亲性格绵软，何曾有过这样坚毅的表情？我后来知道，那是因为他自信了；男人一自信，那真是身穿烂衫也好看，污言秽语也迷人。

也就是在这段时间，他的仕途局面打开了，各种人际关系调理到最佳状态。在我们城里，没有他办不成的事，一切可谓风调雨顺，手到擒来；家里常常高朋满座，人来车往——"谈笑有鸿儒，往来无白丁"说的就是这层意思吧？是呀，当父亲坐在家里接待来客，当他和同僚们一起叽叽咕咕谈些时局政治，当他把手臂一挥，偶尔也爆发出爽朗的笑声，这时候，他是多么的意气风发，神采飞扬啊。这时候，我难免就会想，他还记得他曾作为一个小公务员的难堪屈辱吗——我不知道自己为什么总对这些耿耿于怀：那些为父亲暗中哭泣的日子，即便在他正处盛世的时候，我也时常想起。

或许我本是个穷孩子，却目睹了一场发迹的过程，我看见的权贵卑贱，从来是连在一起的，使我在熟睡时也会微笑，在微笑时偶尔也会心中一凛——我这样的性格，我妈说，是有那么点神道道的——财富，地位，幸福，在那几年里，它们不是轻轻地，而是重重地砸过来，砸到我身上，发出金石的脆响。我闭了闭眼睛，甚至有点害怕了，我害怕这一切总有一天会失去，老天爷，"人无千日好，花无百日红"的惶恐，即便在那时我也有所体会。

那时，家里常来一些神情凄苦的客人，他们多是市民阶层，托张三拜李四，转弯抹角就找到了我们家。他们是来求助的，或是想谋一份职，或是想换一家福利较好的单位，或是为孩子的升学……我父亲坐在客厅里，静静地听他们诉说。

我后来跟父亲说，爸爸，帮帮他们……我有点说不下去了，好像泪水已汪在眼里。我不能忘记，我曾经也是个穷孩子。

我说，帮帮他们，在你权力范围之内……但不要犯错误。

很多年后，我还记得父亲的神情，认真地打量我一眼，那眼神里有温和、肯定和笑意。我不能想起那一幕了，我差不多要为自己流泪，那时我还是个少年，却也晓得体谅父亲仕途的艰险！

那时，父亲和黄书记的关系也有了进一步发展，每天朝夕相处，再是铁人怕也难免生情吧？况且，老黄是"那么有人情味的一个人"（我父亲语），根本不是他外表那个样子的。他把"小许"当作自己人，小许呢，三天两头往他家里跑，跟他汇报工作，跟他聊心得体会，偶尔在他家吃个便饭也是有的……小许忙坏了，老黄家的吃喝拉撒，哪一样不是他管？比如换煤气啦、修马桶啦，院子里要铺个地砖啦……我父亲的眼头突然活了，他出入于黄家大门，实在比自家还要勤快，这一点连我母亲都很感奇怪。

很多年后我还在想，人在顺境时，绝对会"疯"的，那该是父亲的非正常状态。总之，一切机关全打通了，我父亲顺了。我估计，那几张美钞就是在这段时间送出去的，这时候送就对了，我父亲不会为自己感到羞耻，因为他们已经有了感情。

而感情这东西，嘿，谁又能说得清呢？

四

我们一家重新变回穷人，是在父亲入狱的那年秋天，那时我们已从机关大院里搬出来，那是我们住了多年的一户独立小宅院，此外我们还有几处私产：两套商品房，一幢行将封顶的郊区别墅……这些，大概都是房地产商以"明卖暗送"的价格相赠的；我母亲后来虽拿出房契合同，又搬出她已过世的台湾舅舅，以证明财产的合法来源，但房子还是被没收了。

另外还有几张存折，也早于房产之前被冻结了，具体数目我也不是很清楚。

有些事大概真是说不清的。家道的败落非常快，几乎就在一夜之间，某种我们今生看不见的东西，就以"迅雷不及掩耳之势"掠走了我父母十多年挣下的家业，十多年哪，那是他们像蚂蚁搬家，像小鸟筑巢一点点辛苦攒下的——怎么不是辛苦的，有我父亲的屈辱为证。

有好长一段时间，我母亲对一切都恨之入骨，她咽不下这口气：这世上的贪官污吏那么多，怎么就偏偏落在许光明身上？后来她得出一个结论，我父亲的入狱，根本原因不在于他经济上的污点，而在于他是官场潜规则的牺牲品。什么是官场潜规则呢，我至今也不甚明白，可是我晓得母亲的意思了：任何圈子都有规则，我父亲的失败，就在于他对规则太遵循了，他还不能做到游刃有余，能进能出。

规则一定得遵循，我母亲跟我举例说，这就好比打扑克牌，你不遵守规则，这游戏就没法玩，你太守规则，最后的结果就是全盘皆输；我早提醒过他的——我母亲恨道：黄雅明这人不牢靠，迟早会出事，对他差不多就行了，可你爸就是个猪脑子。

我说，爸太看重感情。

我母亲拍掌道：让他看重啊，这下玩完了吧。

不得不说，在对黄雅明的感情问题上，我父母后来一直存在分歧。我母亲以为，为官者最不能讲感情，我父亲的落马就是明证；我父亲以为，感情还是要讲一点的，要不人心怎能平安？无论如何，我父亲的晚年平静而通达，他对一切都服气了；他牢狱八年，很多事情不知翻尸倒骨想了多少遍，他不后悔。

对黄雅明的怀想，成了他出狱以后的一个寄托，他常说，人非草木，孰能无情；他又说，我跟他之间，不是普通的上下级关系，鞍前马后地跟了他那么多年……他有点说不下去了，此时他已年近六十，坐在早春的院子里跟我回忆往事，偶尔有一两片树叶的阴影就飘进他的眼睛里，他平静地看着前方，腮帮子一瘪一瘪的。

我坐在他的脚边，不时也抬头看看远天，我想那一刻我看到的定是比远天更辽阔的人心；人活一世，总归要信一些东西的，就比如说感情、理想、精神……都是些空洞的东西，平时未见得有多大用处，可是到最后，它就会来救我们。我突然有些感激涕零，我父亲找到了这个东西，他安心了。

我母亲从不相信这些东西，她活在现世，当灾难来临，她不晓得以心灵去消化，而是以血肉之躯去迎接，当然她也不后悔，因为她是个彻底的唯物主义者。

当时我奶奶还没死，随我们住进了由一个亲戚腾出来的平房里。这房子位于老城区的一个大杂院里，不足二十平方米；因久置不住（主要是放杂物用的），房间里有一股霉馊味。其实我们的境况本不至于此，这房子是我舅舅的；我这个舅舅年轻有为，在父亲的关照下，不到三十岁就升任交警队队长，他本来要接我们一家同住的，或是为我们另租一套房子，但是我母亲抵死拒绝了。

穷人也有穷人的尊严；这时，我母亲的自尊心突然起来了，她一向接济别人，等到有一天由别人来接济，她受不了。我想她一定是疯了，否则就不能解释她为什么要和自己的弟弟计较这个。她把手臂轻轻一挥，以一种大无畏的精神就把我和奶奶带进了赤贫者的行列。搬家的前一天晚上，她领我来清扫房间，虽然有足够的心理准备，但院子的嘈杂破落仍使我不住地唉声叹气。不大的一个院子，挨挨挤着十来户人家，昏黄的灯光，旮旯里临时搭建的棚舍，报纸糊贴的窗棂子……这就是我们一家的生活窘境啊。

及至打扫完毕，我母亲站在房子中央，四下里看看，呼哧呼哧直喘气，我有理由相信，她的喘气不是劳累所致，而是因为她在生气。造成我们一家衰败的如果是一个人，我想母亲定会找他拼命，她要叫他"白刀子进去，红刀子出来"，然而没有这样一个人，而是一个机构，一种关系，一团繁杂得我们根本看不见的东西。母亲的仇恨没能及时释放，积郁在身体里化成一股奇怪的力量，这就是激情，是"一荣俱荣，一损俱损"的激情。

那天晚上，我站在破旧的房舍里，身上涌起的也是这股激情。窗外是萧索的秋风秋雨，可是我的身体竟激动得簌簌发抖，我的眼里也因此而饱含泪水。穷算什么，我连死都不怕，我突然明白母亲为什么要使我们一家三代沦落到这般境地，那就是我们绝不接受别人的救济，要保存身上的这股元气，若不能东山再起，那就留着它跟自己拼命！

可是我奶奶死了，那时我们搬来这大院还不足三个月，离春节也很近了。其实奶奶的死，我和母亲早有防备，只是处在那种疯狂境地，我们实在也顾不上她了。等到一切尘埃落定，父亲也进去了，家也没了，回头再看奶奶，她差不多已经奄奄一息了。自从儿子出事那天起，老人家就卧床不起，也没什么大病，就是咳嗽得厉害，上气不接下气。有一次我要领她去医院，她冷漠地看我一眼，吧嗒了一下眼睛，意思是拒绝了。我不理她，径自把她从床上架起来，她把手臂陡地一缩，于我是绵软，于她是攒了一身力气的；我站在一旁呆了呆，知道老人家是在等死。

我去药店买来一些药，她从前一直是吃药的，自从儿子出事，她就拒绝吃药；我亦知道，老人家现在只求一死。

在我们搬来寒舍的那天晚上，她破例没有躺到床上去，而是坐在椅子上，双手扶着膝盖，那样的端庄肃穆，仿佛有个照相机镜头对准她一样。我趴在她的膝盖上淌眼泪；她是小脚，穿旧式的绒衣绒裤，她把手搭在我脸上，一双很老的手，麻皮睾睾的，然而有温度。我不由得浑身一凛，抬头看了她一眼，也未看出什么异常来，却有一种奇怪的人之将亡、大祸临头之感。

在我们的身后，母亲站在椅子上，往墙上砸钉子，挂挂钟。母亲跳下椅子，端详了一下挂钟，便双臂一抱，低下头只管自己踱步了。

有那么一瞬间，我们祖孙三代都往墙上看，我一生中恐怕再也不会经历那样清晰明净的时刻，这世界是冷静的，墙上的挂钟嘀嘀嗒嗒地走着，它是没有生命的。屋子里的三个女人，虽然身处绝境，那一刻她们也是平静的，也不疼也不痒。

在生命的最后几个月里，我奶奶始终保持着这份庄重平静；在我和母亲呼天抢地之时，她只是静静地看着我们，她甚至不和我们说话，因为儿媳孙女根本不在她眼里，她心心念念的只是儿子，可是她也很少提及儿子，她只是把他放在心里，脸上呈现出一股决绝的表情……我想她是恨的，她也认命，她一生信佛，可是佛最后却不帮他的儿子，这真是讽刺。

什么叫"哀莫大于心死"，我是从奶奶身上得到了验证。一个真正悲哀的人，就应该像奶奶这样子的，相比之下，我和母亲应感到羞愧，因为我们还晓得啼哭，悲哀就这样被哭没了，只有奶奶在承受，当有一天她承受不起了，她就死了。

很多年后我还在想，母子可能是世界上最奇怪的一种男女关系，那是一种可以致命的关系，深究起来，这关系的幽远深重是能叫人窒息的；相比之下，父女之间远不及这等情谊，夫妻就更别提了。

我奶奶死在那天中午，母亲一阵慌乱，后来便抚尸大哭。看样子，这一次她是真哭了，为什么这么说呢？因为自从父亲出事，母亲的情绪便极端不稳，哭哭笑笑那是常有的事，我不是说她疯了，以她的承受能力，她还不至于此，她只是需要排遣。我举个例子，父亲的案子刚判下来的时候，她也假模假样地哭过一次，说是判重了；可是我想，她私下里没准感激涕零，因为父亲没死。那时我们一家的底线已迅速越过人界，滑向畜类：那就是不求富贵，只要活着。

婆婆之死，能让一个媳妇哭成这样，起先我觉得不可思议。老实说，我们许家这对婆媳处得也就那么回事，可是那天晌午，母亲跪在奶奶身边，哭一回就抬头看看屋脊，偶尔也会狗抖毛似的浑身一凛；我也抬头看屋脊，慢慢地便也觉得周遭确有一股肃杀之气，令我想到"灭顶之灾"这一类的词。我后来想，母亲哭的不是奶奶，她是在哭我们的处境，哭我们一家的灾难。

我之所以不惜浓墨重彩来描述奶奶之死，实在因为它是我们衰落过程中唯一有点"悲剧意味"的事：清寒的屋子里，一具尸体；冬天的阳光突然跳进门洞里来了，风一吹，像个小狗一样在那里调皮翻滚；一个中年女人蓬头垢面；一个少女静静地睁着眼睛；邻居们跑进屋子里来了，影子像风浪一涌一涌的……"悲剧"到我这里，突然变得非常安静了，几乎很少触及感情；悲剧也还是"正大"的，但看奶奶的面容，那样的平静，堪称"正大仙容"。

后来我索性屈膝抱腿，坐到地上来了。我一生中所能体会到的"不幸"全在这里了：死亡，贫困，居无定所，牢狱之灾……我把这些放在脑子里过滤了一下，心里出奇的镇定。我无须再怕什么了，我们已经降到底了，我们不会再失去什么了。此时，幸福这个概念在我心中再次隐隐出现，我不是说，一个人遭遇不幸，他就是幸福的；我只是说，此时我非常安心。

我这一生经历过"富贵"（我母亲的词汇），也遭遇过真正的贫寒，我在这里将以自己的亲历做证：世上最可怕的不是贫穷，而是富裕，以及对富裕的牵挂担忧。贫穷这东西没什么好说的，外人看着总归觉得撕心裂肺，其实当真身处其中，也照样安之若素，因为包容它的是阔朗的人的心灵，那就好比一粒石子砸向水中，哪怕掀起冲天巨浪，可是石子最终会沉入水底，湖面照样恢复平静。

我要说的正是人心，有了这个在，"悲剧"这东西其实是不存在的，因为人心把什么都化解了。我原担心母亲，她心气旺盛，在经历了一番安富尊荣之后，是否还能回头过安贫乐道的日子？事实证明我的担心是多余的，在贫富的转换过程中，她比我快多了。

我还记得为父亲奔波游走的那些日子。那天晚上，我和母亲从潘伯伯家走出来，走了一程子，不知为什么又都回过头去看。潘家的宅子位于市中心，是一幢仿古的两层小楼，外带一个庭院；说老实话，这房子未必就比当时我们还住着的房子更气派，然而我和母亲都看出点别的来了。我看到的是我的卑微寒酸，我的敬畏艳羡，一户"官邸"对一个即将被贬为"庶民"的人的压迫；即便隔了一条马路，这房子的堂皇巍峨仍使我觉得像是身处梦中……我母亲看到的东西非常简单，那就是仇恨。

那天我们娘儿俩扶着一棵老梧桐站下了，当时夜色已深，路上行人稀少，风吹得梧桐叶满地乱跑。我母亲伸手裹了裹衣衫，看着潘宅说，这帮狗娘养的，拉出来个个都得杀头。

我说，他这是祖宅。

母亲朝我凶道，祖宅？翻新装修要不要钱？嗯？他一个监察局局长哪儿来的钱？你倒是跟我说呀！

我看了她一眼，心里堵着一口气：在我们沦为穷人之前，我们已经有了穷人的心态！我母亲尤盛，自从父亲出事以后，对这世上的富人她就怀有一种斩尽杀绝的革命心态；及至我们搬到穷街陋巷，开始生活在穷人之间，我们的身边都是贩夫走卒，一群地道的赤贫者，我才知道，真正的穷人根本不及我们这样疯狂下流，他们实在要高贵平静得多。

哈，我终于可以说说他们了，这拨穷人，我的邻居们，我们朝夕相处的时间也不过半年，可就是在这半年里，我们一家受过他们的恩泽：我奶奶的后事，是他们跑前跑后，帮着火化安葬；我母亲病了，是他们端茶送水，轮流服侍；我们母女俩偷偷地抹眼泪，他们看见了，也一旁抹眼泪。他们说，这就是命啊，好好的一个人家，怎么说散就散了呢？

他们叹道：世道哇！

我们是落难人家，他们从不把我们看作贪官的妻女，他们心中没有官禄的概念。我们穷了，他们不嫌弃；我们富了，他们也不巴结奉迎；他们是把我们当作人待的。他们从来不以道德的眼光看我们——他们是把我们当作人看了。说到他们，我即忍不住热泪盈眶；说到他们，我甚至敢动用"人民"这个字眼！

五

在那段困难的日子里，我成了母亲唯一的希望。奶奶死后，我们也慢慢恢复了平静，在陋巷里过起了日常生活。我们与邻居们和睦相处，白天替他们照看一下孩子，晚上他们收工了，我们倚着自家的门框，与他们一递一声说些闲话。

我们也常常串门的，站在不拘谁家的屋子里，我母亲东看看，西看看；或是坐在小矮凳上，她把双手朝袖子里一放，整个身子就窝在膝盖上了。这时她已经很不修边幅了，阳光的反光里，她的蓬蓬的头发是岁着的，远远看上去，那样子也就是一个纯朴的农妇。那段时间，也不知为何她嗓门就大了，步子也快了，身上不知什么地方总有股结实的劲头；说到家长里短，她也能笑得嘎嘎的。

你明白我意思了吗，时间是件太奇妙的东西，不到半年，我们母女就认领了穷人的身份，身心舒泰地以穷人自居了。过往的繁华，我们差不多就忘了哩……嗯，我是说有时候。

有时候，我和母亲竟生出一种奇怪的错觉，就好像我们生来就住在这院子里，从来就是穷人；逢着这时候，我们的心就平静了，也不再怨恨了，对这世界也怀有慈悲和善良。

更不堪的是，我们甚至把父亲也忘了，说真的，我们已经顾不上他了。毕竟，生计是重要的，"吃"成了那段时间我们最犯愁的一件事，吃什么，如何吃，这全是问题。常见母亲歪在床上，手撑着脑袋，把一双眼睛骨碌骨碌转个不停；或是深更半夜，她突然就从床上坐起来，那感觉就像打了一个激灵。其实按照大杂院的标准，我们本不该这么愁苦，又不缺胳膊不缺腿的，哪儿就能把人饿死？但是你要知道，活着那时已不是我们的底线了，欲念这东西在我们身上已经醒了。

母亲常肿着一双眼泡跟我说，你要争气呀，回到学校一定得好好学习，要头悬梁、锥刺股，我们许家能不能翻身就全靠你了。

其实母亲应该知道，许家的翻身并不在于我成绩的好坏，而在于能否钓到一个"金龟婿"，这是她手里能打出的最后一张牌了。有一次，她拿这个问题试探过我，她说，学校里有没有男孩子追？

我说没有。

她抿嘴一笑，拿眼梢瞥了瞥我，也没再说什么。那阵子，母亲的脸上常挂着这么一种意意思思的微笑来，不管她在干什么：在削土豆、在吃饭、在去公厕的路上……她随时都有可能停下来，把眼睛斜向虚空的某个地方，微笑从脸上绽放出来。总之你也看到了，我母亲并没有被生活压垮，经过短暂的痛苦，有一件事情让她对未来再次充满了希望。

母亲说，我们和他们没法比——她朝窗外努努嘴，意即那些穷邻居们。

当时正值年关，家家户户都在忙吃的，有腌肉的、风鸡的，也有一车车大白菜往家里推的……破落的院子欢乐吵嚷，然而于其中，我也确实感到一种穷奢极侈的气息：单看他们酒足饭饱后胀得发紫的脸膛，他们的眼神是呆的，身子是飘的，突然膝盖一软，弯腰泄出一大堆的酒后物……我母亲呆呆地看了一会儿，叹气道，这种生活我是没法过的。真可怜，一年忙到头，就为了一张嘴，这跟动物有什么两样？

我把母亲的话放在心里过了一遍，隐隐觉得她的话好像也没法反对。她说，过这样的日子我宁愿死！俗话说"人往高处走，水往低处流"，人要是不往高处走，那还叫人吗？

我不满道：人跟人不一样。

她说，当然不一样，我们的成本要高得多——别忘了我母亲以前的职业，她对一切都要计算成本的，就连人生也不例外。

有一点不得不承认，我母亲之所以能度过那段艰难的日子，并不是因为她坚强，而是因为她无穷尽的欲望，她对生活的贪婪，以及由欲望和贪婪派生出来的想象力。我母亲的想象力实在太丰富了，好像一本书里写过：人类丧失幻想，就好比鸟儿失去翅膀。总之，重新长出"翅膀"的母亲又活了过来，母亲一旦活过来，她就不再是大杂院里那个邋遢的落魄妇人了，她的言行重新变得精雅起来，她甚至很少出去串门了，成天躲在屋子里想入非非。

我们母女俩度过了一生中最清冷的一个春节，连一顿像样的年夜饭都没吃——母亲不饿，因为她顿顿吃的都是精神食粮；同时，母亲度过的又是她一生中最丰盛的一个春节：对过往繁华深情的追忆，对未来繁华狂热的想象，使她对眼前的窘境完全视而不见，只是把目光意味深长地落在我身上。

我嫌烦，嗔怪道，干什么呀？

母亲笑了笑，然后严肃地说，你可要好好的，妈可只有你这么一个宝了。

那阵子，她最怕别人来打扰；当然除了穷邻居们，还有舅舅一家，也没人愿意再来打扰我们了。从前过春节，来家里拜年的人络绎不绝；今年过春节，这些人全如寒蝉一般消失了。母亲虽言称不在乎，可是有一次，她也忍不住感慨了一番世态炎凉，她抹着眼泪哽咽道：叫我说，这世上最可怕的还是人哪！

很多年后，母亲的话犹在我耳边回响，那真是声声泣血，字字带泪！这是母亲以她一生经验，对人世得出的一个最有力的总结。很多年后，我还记得那年春节，我坐在寒碜的房舍里，侧耳听窗外的风声，即便平静如我，亦生悲愤之心。家里连遭噩运，我都能平安度过，可是人的势利却轻易打击了我！大概就是从那一刻起，我下定决心要力求上进。富贵这件事，为什么母亲总挂在嘴边，因为它的背后藏着人的尊严。

我前边已经说过，我从来没有责怪过这些人；设身处地，我自己难保就不是这等势利之人，那就是对富贵的趋近，对贫寒的逃避，这才是人世呀。

这就是我和母亲在离家之前的一段生活。春节后不久我就返校了，大约隔了一个月，母亲连个招呼也不打，就跑到南京找我来了。南京这个城市，我母亲是太熟了，父亲在位的时候，她一年里不知要来多少趟，从来都是专车接送，住豪华宾馆，品淮扬佳肴。有时候是来购物，有时仅仅是为去梅花山看一眼早春的梅花。

那年也是早春时节，中午我放学回来，看见母亲站在我宿舍门前的一棵樱花树底下，脚边放着一个大皮箱子，正在东张西望。我跑上前去问，你怎么来了？

她笑眯眯地说，我怎么就不能来？我还就不走了呢。

那天她穿一件紫罗兰的对襟线衫，深蓝的及膝裙，半高跟皮鞋，头发也稍稍做了一下。见我正在打量她，她说，怎么样？你老娘不会给你丢脸吧。

我笑道：怎么跟换了个人似的，好像又活回来了。

她附在我耳边说，傻瓜，我能不收拾一下吗？我要来给你挑男人。

概而言之，她这次来南京原是做长期逗留的，一是要挣钱供我读大学，二是要为我物色个未婚夫，因这两者都是我们的饭碗。对于后者，我母亲尤为自信，首先这是她的爱好，也是她最擅长的一项技能；只是这项技能在嫁给父亲之后，她再也没施展过，所以现在难免有些技痒。

现在你也看到了，在家庭"悲剧"发生还不到半年的时间里，母亲就迅速把它扭转了方向，使它变成了一场男女的较量。直到今天，我也不愿意承认，这转变就是轻佻的，因为它的背后立着生的艰难。生存和男人都很重要，可是母亲抿嘴一笑，就把它们糅合到一块去了。很多年后，我仍禁不住要微笑：女人能把世上的一切关系最后都变成男女关系，这个实在是太奇妙了。

我们母女度过了一段愉悦时光，即便一个人呆坐着也忍不住要发笑。这世上大概没有比男女之事以及对它的切磋探讨更让女人动心的了。总之，家破人亡之后，母亲领着我一个斑斓转身，使整个事件看上去就像一场幽默。由此我也知道，这世上是没有真正绝境的，绝境走到头，那必是不着边际的轻松荒唐；然而我们做的时候却是认真的。

没课的时候，我就陪母亲在校园里走走，或是找一个有树荫的地方坐下来；若是有男生走过，我和母亲总是要搭上他们一眼。我得承认，那时我不够纯洁，才二十岁，连男孩的手都没摸过，可是刚从重压之下逃生出来，人轻得简直要飘起来；我看男生的眼光，如果不是不三不四的，至少也有点玩世不恭的。可是母亲及时纠正了我。

母亲说，喏，这个孩子不错。

我问怎么不错。

她说，他身上有一股气场，你注意看他的神情——看到没有？他是能沉得住气的那种，这会使他将来有出息的，即便时运不济，他也能安安分分地过日子。

我指着另一个说，这个呢？

母亲摇摇头说，这个不行。

我问为什么。

她只简单地说了一句，这个太机灵。

有些话我不知道该怎么说，母亲利字当头，可是即便在我们最困难的时候，她也没有把我往火坑里堆，她没有让我嫁给一个老头子，或是暴发户，我想她秉承的是"利益最大化"原则，她的女儿还这么年轻，她应该有这个耐心，在校园里弄到一个"潜力股"，她对女婿的要求是，一是人品，二是能力——我问，那爱情呢？

母亲笑道，爱情嘛，当然也要有一点的。

下面的事情我就不多说了。总之，在母亲的默许下，我谈过几个男朋友，我爱过他们，幸福的时候也曾浑身发抖，失恋的时候也曾伤心欲绝，可是即便这个时候，我也很清醒，知道这全是过程。这就好比过河搭桥，人生的目的是走到河对岸，而不是为了那几座桥。可是无论如何，桥于我们是必需的。

母亲的小饭馆不久就开张了，在我大学毕业之前，她就是靠这个来养活我，省吃俭用也要给我买漂亮的衣服——这于她是一笔投资，许家的"发达"在此一举也未可知！她说，要打扮得漂亮些，男人喜欢这个东西。

我迟疑道，也不一定吧，也有男人不看重这些的。

母亲笑道，扯淡，没有男人不吃这一套的，他们肚里那几根花花肠，我是太清楚了。

她常跟我叹道，许家是垮了，可是许家的女人不能垮，人活着就为一口气，精神头要足，平时把腰杆给我挺直了！那几年我也确实争气，穷凶极恶地去挣奖学金，去做家教，当过业务促销员，在街上散发过传单……稍微得一点空闲，就跑到母亲的小饭馆去帮工。

母亲的饭馆开在城南的一条陋巷里，说是饭馆，其实也不过是两间违章搭建的棚舍，以前这里是一家发廊，开倒闭了，母亲便从舅舅那里筹一笔钱把它盘了下来。母亲的饭馆什么都做：小炒，套餐，面条，饺子，桂花酒酿，鸭血粉丝汤……我母亲心灵手巧，她是边学边卖，一道工序也要费尽思量。

母亲的顾客多是附近的居民，或是一些看上去农民工模样的人。她能言善道，生得又白皙端庄，每天又都拾掇得干净利索，所以你应该能想象，常来照顾她生意的还是男人们占多。母亲既做男人的生意，她就必得凸显她女性的特征，整天笑得咯咯的，把他们侍候得舒舒服服的，哄得他们既掏了钱，又不时来店里帮她做义工。我去店里帮忙的时候，母亲就把我往前台推，因为我年轻秀色，又是大学生，这都是小店的门面。我给他们端茶倒水，上菜点烟……其实就是一个女招待的角色了。

诸位看官读到这里，千万别起下流心思，以为我们母女是做什么的。其实我们还不至于此，生财也得有道，这个道就是利用男女两性的微妙，我母亲深谙其中的关节，她的分寸一向把握得好——她利用了这个东西，又能使自己不湿脚，那真叫比庖丁解牛，游刃有余呀。

逢着店里没人的时候，我们母女便会坐下来，隔着半开着的玻璃门朝街上看，街上走过的或有男人，或有女人，而我脑子里晃晃悠悠的，也不知为何全是男人。一个面色暗黄的中年人从门前走过，又退回两步，眼睛在我们母女身上眯了两眼；母亲一脸静容，完全视而不见，待他走过了，她才在地上重重呸了一声。我也抬头深思，想着对于女人来说，男人真是世上的一笔大单子呀。

只有晚上打烊的时候，母亲才恢复了她疲惫的面目，她白天的鲜活好看全不见了，我看到她老了，生活的辛劳把我母亲变成这个模样！可是她一会儿又活了，因为她开始盘点算账了，她数钱的手势真是可爱极了，五个手指头快速飞舞；蘸了一口唾沫，慢慢再数一遍；又把它递给我，说，毛利八百六十五，你再数数。

我一边数着钱，一边心在颤抖，白炽灯光下洋溢着我今生再也不能描述的幸福温暖。劳动如此庄严，可是我直想放声大哭，因为这里亦有我母女的含辛茹苦。我想母亲一定比我更能体会到"劳动"一词的分量，从前家底何等丰厚，她也没这么紧张过，可是现在，一天区区几百块钱的进账就使她丧失了从容！钞票的失而复得一定打击了她，使她变得胆小害怕了，这就是为什么在最穷困之时，她还能挺住，在挣到钱之后她却信了耶稣。

教堂离我们的饭馆不远，母亲每天买菜都要经过这里，偶尔她也会站下来，隔着红铁护栏朝里头看：彩绘玻璃窗，高高的拱形门洞，从门洞里出入的面带愁苦的人群……我猜想，这其中一定有什么东西让母亲感到了安全。大概就是从这时起，母亲才意识到，她也该为自己的心找个归处，她相信，只要她是虔诚的，上帝就会保佑她的钱财不会再次流走。一个星期天的上午，我陪她去祷告，她闭着眼睛，双手合十；我看着她，心一阵阵刺痛，同时又略微有些担心，她这么功利，上帝若是知道恐怕也会不高兴吧？

《圣经》里说，人要行善，戒欲念。行善她是愿意的，戒欲念却难，好在她是中国人，晓得变通，知道书上写的是一回事，现实却是另一回事，所以她一边郑重其事地画十字，一边亲切地跟上帝提要求。她说，你要保佑我女儿找个好男人，还要保佑我的饭馆不断地有客人……说来说去，都是男人、客人。

有一天下午，几个客人喝多了，赖在店里磨磨叽叽不想走，不停地拍桌子，要酒上菜。我把一盆老鸭汤端上去，其中一人便涎着眼睛看我，口水哩啦的也不知说了些什么，我把汤盆放下，他顺势捏了捏我的手——也没什么，只是捏了捏我的手；我把手缩回来，带笑不笑地走到门外站了一会儿。

其时正是夏日的午后，暑气逼人，我抬头看了看树梢，盛大的阳光从绿叶深处掉下来，我静静地眯缝着眼睛，不由得就想到了父亲，想到他温儒的形象，想着在没有他的日子里，为什么我们母女与这世界的关系竟变得这样暧昧荒唐。我又想到我的男友，一个踏实上进的青年，在男女之事上一直有他清贞的道德操守……大学毕业不久，我就嫁给了他，现在父母与我们同住。有时饭桌上，两个男人难免就会提到那段清贫的岁月，我们母女是怎么度过的；然而我和母亲也只是云淡风轻，笑了一笑。

母亲的饭馆后来很是挣了一点钱，因为规模大了；她的女婿也很争气，现在是一家颇具规模的企业的老总。总之，我们又回到了"富裕阶层"，只是不再有欣喜，因为我们付出了艰辛劳苦——我们只记住了这劳苦，所以有时更觉委顿。

现在，让我们再回到那个夏日的午后，你将会看到，母亲怎样走出小店，在我身边惶惶站了一会儿，不时也拿眼睛打探我；有那么一瞬间，我们两人都回头看小店，隔着玻璃门，那几个客人也在睡眼惺忪地看我们，母亲不安地朝我笑笑，问，他们没把你怎么样吧？

我说没有。

母亲搭讪道，这些个死鬼。

我也会意地笑笑。

一辆卡车从路边疾驶而过，风浪掀起了阵阵灰尘，使这个真实的世界在那一刻显得模糊了。我站在漫天的灰尘里，脑子一片空白，后来微笑就漫到了脸上。

《收获》2006年第5期

逝者的恩泽

鲁　敏

一

在东坝这样小而旧的镇上，每增加或减少一个人，都会成为一个事件，其中的主角与配角总会在人们的嘴上辗转相传、反复咀嚼，像一种吞下去又可以吐出来、你尝完了他又可以再吃的神秘食物。这食物，让东坝的人们在漫长的日月天光里多了一点稀薄而发自内心的快乐。

因此，当古丽和她幼小的儿子达吾提带着陌生的异域气息出现在小镇上时，几乎所有的人都为之暗中一喜，这喜悦是如此真诚且强烈，以至人们不想虚伪地加以掩饰，他们中的一些急性子和无所事事者甚至尾随着古丽和那个男孩。在古丽的身后，很快出现了一支松散的小型队伍，人们的脚跟和脸颊上共同散发出一股善意的好奇之心，并一直弥漫到冷冰冰的空气中，钻进达吾提的鼻尖，让小男孩的鼻翼像蜂鸟一样地鼓起来。

达吾提拉拉古丽的衣角，他对着妈妈抽抽鼻子，脸颊飞速地皱起，然后又突然拉平。古丽像听到了什么，她回过头。

这样，镇上的人们得以第一次看清古丽的脸。

此时正是冬季，这个苏北小镇，路边铺着枯黄的小草，树枝杂乱地伸向天空，街面的店铺覆盖着一整年的厚厚灰尘，呈现出黯淡的色调，触目所见，了无生趣。

而古丽回过头，忽然改变了这一切似的——她的面孔着实美丽。她没有微笑，但人们还是感到一种春天般的和煦，宛若草长莺飞，大家不由自主地回报以更加暖和的笑容。

这显然鼓励了她，她迟疑了一下开口问道：请问陈寅冬家往哪里走？

她的口音如此奇怪，像是北方官话，又像是某种侉子方言，有些别别扭扭的，人们听得费劲极了，也兴奋极了，如同刚刚进行了一场智力测验。

不过，陈寅冬！她问的是陈寅冬？这是一个死去男人的名字呀！而且，他死在异乡，死于一场意外！人们几乎无法自持了，这是多么重大的事件！陈寅冬的名字立刻变成了一枚秘制的上等酸梅，他们每个人的嘴巴都因此变得更加湿漉漉了。

惊愕与狂喜使得这一瞬间出现了冷场，人们再次仔细地打量她。她穿着一件长长的外套，色彩鲜艳，或许这是条裙子；她的头发被一条更加艳丽的头巾缠住，只在头巾的下方垂下一个沉甸甸的结，如果她把头发放下来，一定会长得超过镇上所有的姑娘。有人还注意到她耳朵上的银饰，同样是长长的，在空气中透迤，跟这里妇女们常用的耳钉截然不同。

队伍中比较富有阅历和威信的一位站出来答了，因为小心翼翼，语速有些慢吞吞的，不那么自然了：您不晓得吗？陈寅冬已经过世了，过世都一年多了。您这是……

哦，我知道。我只是找他的家。古丽继续用那难懂的口音答道。

那么，您是……

是呀，她是谁呢？这镇上的每户人家，每户人家的家庭成员，每个成员的每个亲戚，大家都是了如指掌的。可是真的没人听说，陈寅冬竟有这么一位漂亮的……亲戚？

陈寅冬，父母早亡，且无同胞，很早就出门做工，后来在镇上娶了同样失怙的黄姑娘，生了女儿，然后仍是出去做力气活，跟着一个工程队到很远的西北修筑铁路——在镇上人的眼中，他几乎是个完全陌生的邻里，每年只有春节才会在镇上度过，有点孤僻神秘的样子，然后便继续远赴那不可知的西北，直到有一天，从那里传来他突兀的死讯。

他一共活了四十八年，可在镇上人看来，却似乎只活了一个春节，他的生命在人们的记忆中只有几十天——从腊月到正月，他活在镇上，然后，他消失了。在这个世上，他只留下母女两个，其余的便再无枝蔓。那么，这个女的是从哪里说起呢？并且还带着个七八岁的孩子？

荒诞不经的想象力、五彩缤纷的推测，在人们的头脑中，像爆炸后的碎片般飞散开来，瞳孔慢慢放大，他们目不转睛地盯着古丽，像盯着一幕即将开场的好戏。

唉，这个冬天，也许可以多串几回门子吧，拱着手，在屋檐下窃窃私语，寒风从袖子与领口中穿过，人们无知无觉地沉浸在交谈的乐趣中。

在一个孩子的殷勤带领下，古丽和达吾提被带到了已故的陈寅冬的家，带到了陈寅冬留下的那对母女面前。

陈寅冬的太太，即前面说到的黄姑娘，名叫群红，她长得有些老相，从做姑娘时便老相，加之长陈寅冬两岁，镇上的人都称她为红嫂，这一叫，一直叫到五十岁。

女儿呢，已经十九岁了，应当是最娉婷的时候，却生得不太好看，头发稀而黄，又偏瘦，这在东坝镇上，是一种不可原谅的容貌。她上过几年学，名字是陈寅冬起的，叫陈青青，照镇上人们的审美，这青青，连名字也是有些小气了，不那么喜庆。

红嫂站在大门口，青青站在侧门口，她们一起看着古丽和小男孩，注意力很快被分散到古丽的脸及衣饰上，一时间竟忘了盘问她的来意，是呀，谁不会被古丽的模样给迷住呢。但站在不远处的人们有些不耐烦了，有人咳嗽起来，另外有人吐了一口浓痰——这有效提醒了红嫂，红嫂意识到她担负有开口询问并给人们一个说法的责任。

红嫂于是开口问道：您到我们家找谁呢？

古丽把男孩往身边拉了拉，答非所问：我们从西北来，这是陈寅冬的儿子。

哦！惊呼在人们的胸腔中此起彼伏。陈寅冬的儿子！那位陈寅冬竟然还在外面生了个儿子！这么说，这个又好看又年轻只是话说得不太好懂的女人是他的小老婆！哎呀，这都是新中国了呀！怎么还会有这么……这么旧社会……的事情呢！男人们在心里翻江倒海了，几乎要把陈寅冬从坟里揪出来细细盘问一番并好好揍上一顿。

青青在侧门口那里闪了一下，把自己关到房里——这是她的一个习惯动作，也是在红嫂多年要求下的一种条件反射，作为一个十九岁的少女，对一切可能出现的丑闻都应当回避，或装着视而不见、无动于衷，最多，最多只可以躲在门缝里偷看。

门缝，顺便说一下青青的门缝，这可是青青张望世界最妥帖的通道，由于长年累月的摩挲与使用，青青的房门后面，门缝的两侧，甚至呈现出一种光滑的手感，像是少女的皮肤，带着玉的微凉……父亲的缺席，寡母的谨慎，这导致了青青与其他少女的显著差异，其敏感与戒备，自闭与孤寂，永远没人能够抵达或触摸。

青青能够躲进小屋，做母亲的却不能够。红嫂的身子晃了一晃，脸上虽还是笑着，却明显没了力气：真的？她轻声地嘀咕一句，像是用嘴巴在问自己的耳朵：刚才听到的是真的吗？陈寅冬真的在外面生了个儿子？

真的。古丽再次把小男孩往前拉拉，那动作让人们联想到她是在出示一个人证或物证。人们在不觉中被引导了，注意地看起那个男孩，这一看，事情好像却更加严重了：这个男孩，里里外外哪里有一丁点儿像陈寅冬呢！他的眼睛明显地凹进去，头发是微黄带卷的，肤色白皙得过分，连血管都要透出来似的。这一看，所有的男人几乎都要笑出声来，哈，哈哈。这个男孩，他的父亲怎么可能是这镇上的任何一个男人呢，他的种子必定来自古丽所在的那片土地。

围观的人们流露出看出破绽的神情，他们明显地放松下来，互相捅捅胳膊，几个妇女甚至叽叽咕咕地笑起来。镇上的这些妇女们，一辈子都是贞洁的，乏味的贞洁，廉价的贞洁，但她们自认为永远有理由在那些身份不明的女人面前表现出大大咧咧的骄傲。比如，这个古丽，并且她竟然扯起这么不高明的谎。

红嫂抬起了眼皮，又奋下去眼皮。不知为何，邻里们的神情与笑声让她感到了不快，她不喜欢人们这样对待跟陈寅冬有关的人或事。这对她也是一种间接的冒犯不是吗。

于是，红嫂重新抬起眼皮，轻轻拉过那男孩：既是这样，进家里说吧。古丽自然地也抬起脚跟着进去了。大门在她们身后被缓慢地关上。

人们张开的嘴巴在半空停住，舌头几乎变得寒凉。这是怎么说的？这是怎么说的！红嫂竟然就信了那女人？她不仅信了，而且还容了那女人，拉着那孩子，让她们进了屋？哎呀，这话是怎么说的，他们感到自己都要变得结巴了，他们在惊愕中彼此对视，同时，感到一种接近高潮般的满足——今天的这个热闹，可真是看得足了，饱了，撑着了，都要打嗝了，都要半夜睡不着觉了。

古丽显然是累了，并且很饿。那个男孩也好不到哪里去。

红娘一言不发地替她们准备了一些吃的，热气腾腾地端上来，窗户上很快弥漫起雾气，像是黄昏提前降临到这间屋子。

古丽神情自若，真像是回到了自己的家似的，左手抓着包子，右手捧着大碗，发出极为享受的吞咽声。那男孩则像只小狗似的，每吃一样东西，都会极为小心地先凑上去用鼻子闻闻，上下嗅嗅，像在对气味进行鉴别与记忆，然后才慢条斯理地吃起来。

青青倚在侧房的门框上，像在瞧一张画片，或者像在舔一根棒棒糖，用了那种节俭的、流连的眼光，从细枝末节开始，然后才慢慢地集中到画面中间——对她而言，这是多么奢侈的风景。这么些年，她所能看到的他人，仅仅是母亲，或是一些邻居的侧面与背影。

她首先注意到古丽放在屋角的布包袱，她下意识地进行了猜测，她想象着，那里面一定是史多的衣服和首饰，会把整个镇子都惊呆……接着她把眼光移到桌子下面，古丽的鞋与男孩的鞋，这是两双沾满灰尘的鞋，这是哪里的灰尘呢，一定超出青青所能想象到的最远地方吧，比邻镇远，比县城远，比省城远，比天边还远……青青欢喜地看了又看，她甚至愿意自己就是那两双鞋，是鞋祥儿，是鞋底儿。只要，她能够一直那样走哇走哇，走到最远的地方……

古丽吃东西的声音分散了青青的注意力。红嫂曾教过青青，女孩子吃东西一定要无声无息，走路要无声无息，笑起来也要无声无息，睡觉更要无声无息（特别是跟男人睡时，不过，这一点红嫂没有说得那么明确）——红嫂的这种家训在这个小镇上当然显得有些阳春白雪，不合时宜了，但青青并不清楚这种差异所导致的滑稽和荒诞，事实上，她是个没见过任何世面的姑娘，对这个世界的肮脏与荒淫一无所知。红嫂的长年独居生活像是一个沉闷的巨大温室，青青在其中温顺地、不为人知地独自生长，她对母亲的一切教导奉为圭臬。

不过，此刻，她不能不感受到古丽吃东西的声音——一个年轻女人，她哑摸着嘴巴发出模糊的哼唧声——这在想象中，本是多么典型的粗俗之举！可是，不，听听古丽，看看古丽，她所传达和散发出的一切多美呀，如此舒服！自然！那是对简单食物的满足，对热汤热水的感恩，对健康肠胃的呼应……青青简直看得入迷了，呆住了，好像第一次从古丽这里知道：吃饭原来可以变成这么豪放的一件事。

怔忡之中，青青把眼珠流转过去，像是慢慢移动的光线，她打算再好好看看那个小男孩。刚才，在观察古丽的同时，青青用余光注意到，这个男孩对味道有着特殊的爱好。筷子，他会闻闻。菜叶，他会闻闻。红嫂拿来的抹布、红嫂放在桌边的围裙、古丽突然打出的一个饱嗝——他也会飞快而认真地嗅嗅鼻子。多么奇怪的爱好哇。青青正想好好研究一番，小男孩却刚巧吃完，也正抬起眼睛盯着她呢。这让青青有些猝不及防——男孩的眼睛大而亮，并且湿漉漉的，像是家中院子里那专门接天水的一口大缸似的，青青竟能照到自己的身量和影子。青青不由自主地走上前去，摸摸达吾提的脑袋，那黄而微卷的头发毛茸茸的，细腻而伤感。

——青青对古丽及达吾提的好感是没有实际意义的。太多的悬疑与敌意仍在屋子里四处窜动，伴随着红嫂走来走去的身子。红嫂在收拾碗筷，红嫂在抹桌子，红嫂在整理凳子，她的每一个动作都像是一个饱满得快要坠下来的水滴，或是正在发酵的谷物，酝酿着无声的诘问与指责：你跟陈寅冬到底是什么关系？凭什么说这男孩就是他的儿子？今天找到这里来又是什么意思？寻亲吗？认门吗？闹事吗？

古丽仔细地盯着红嫂，像是聋人在读唇语，并且，真像是听懂了每一句潜台词似的，她轻轻地打了个嗝，神色平静地开始回答，口音别扭而吃力，因此显得极为慎重。

大嫂，这儿的地址是陈寅冬给我的。他说过：如果想离开西北的话，就到这里来找你们。

我认识陈寅冬的时候就知道他是结过婚的，他跟我说起过你们。但我还是跟了他十一年，一直到他去世。

我们那儿有好多女人都这样，十几岁便早早地出来做活，跟着铁路线上的工程队过日子，给工程队的男人们烧饭、洗衣……铁路线从没有人烟的荒地间穿过，我们天天只能看到那些男人，男人们也只能看到我们……工程队沿着铁路线从东往西一里一里地变长，我们跟那些男人也开始一对一对地好上了，我们都知道这些男人是结过婚出来的，可是，那有什么关系呢？在那大荒漠里头。

咱们的这种好，就真是跟夫妻一样好的，各门各户的，像过日子一样的，像外面的胡杨树一样的，像外面的风沙一样的，不知道怎么开始的，也不知道最后会怎么样结束。或许，等到铁路修完了，那结局也就自然到来了，要么是散了，要么仍然在一块，那谁能说得准呢……

可是我跟寅冬，我们俩的结局却提前到了。那铁路还没修完呢，那工程队还好好地在着呢，那工地上还热火朝天着呢，他却突然死了。您一定知道的，吊机上的一捆轨道枕木，像是瞄准了很久似的，一直等到他路过，才不偏不倚地掉下来……

你是说瞄准！他在瞄准枕木吗？红嫂冷不丁地插了一句，像是早就等着什么似的。

不是！不是！您听错了，怎么可能呢！当然是枕木瞄准他！您想，那条走道宽宽的，那枕木为什么不前不后偏偏就掉下来落到他头上呢！古丽急迫地反驳起来，并且紧紧地盯着红嫂，她怎么会这样想呢？有谁会去找死吗？

你刚才是说，陈寅冬在死之前就把这里的地址给了你，他难道早就知道自己要死？红嫂仍是紧紧地盯着古丽。

这世上，谁都知道自己最后是要死的呀！只是没想到他会那么早，其实，他死后不到一年，那铁路就修好了，现在都开始通车了，他若是没出事，就再也不会出事了……古丽仍是有些混沌的样子，丝毫没有听出红嫂的潜台词。她的简单与迟钝，像是未开口的刀似的。

红嫂沉默了一会儿，她想到了工程队寄给她的一笔钱。那可是个大数目，她至今不敢跟镇上的任何人说出真实的数目，就像她至今不愿跟人谈论陈寅冬的死亡，因为，那听上去多么不真实呀！她想象中的死亡应当有病床与药罐，有尸体与寿衣，有守灵夜与坟头草。可是丈夫呢，他这个死可真是别出心裁呀，只有一张薄薄的电报，来自人们从未到过的地方，一张电报把他的死全部概括进去了，随后跟着的是一大笔款子——陈寅冬被枕木砸扁的身体好像并没有被埋进那片荒凉的沙地，而是变成了一张汇款单，变成了汇款单之后的一张张票子，千里迢迢地慢慢地随着魂魄飞回故里。

红嫂想起来，在陈寅冬的最后一个春节里，在床上，他曾经跟红嫂说过一句莫名其妙的话：无论我做什么，你都要体谅我。一切都是为你们几个好，为了你们将来好。

这话听上去有些拗口，而且陈寅冬一贯沉默寡言、不善表达，夫妻二人之间也一向温和平静，这话就令红嫂很是惊异了，她有违妇人之道地主动搂起陈寅冬，钻进他孱弱的胸膛，却突然感到耳根处多了几滴泪水。是陈寅冬流泪了。

当时的情景在陈寅冬死后一再重现，像是陈寅冬以一种特别的方式在对红嫂耳语：一切都是为了你们好，为了你们将来好。红嫂心有所感，疑惑与哀痛之情如惊涛拍岸：他为什么要这样啊？没有那笔抚恤金不也能照样过日子吗？当然这话她从未向任何人提及，或许也是因为缺乏更多的佐证。

可是，现在，此刻，这个女人以及她所带来的讯息，无疑再一次印证了红嫂此前的猜想——不是枕木在瞄准陈寅冬，而是陈寅冬在瞄准枕木。这是一次蓄意的死亡。

一阵复杂的滋味向红嫂袭来——一来，她的某种猜测得到了印证，但与此同时，又有了新的发现，陈寅冬口中所指的"你们"并不仅仅指的是红嫂和青青，还有眼前的这个女人和那个男孩子，而正是这四个人，这矛盾而现实的存在，这无法兼得的两端，以及不可调和的将来，促使丈夫选择了与枕木的拥抱。

在红嫂的沉默之中，古丽又往下接着她的叙说：我没能看到陈寅冬的身体，说是脸被砸得太烂，他们匆匆忙忙地就把寅冬的后事给办了，我连最后一面都没见到……我哭了一个星期，后来就不哭了，日子还要过呀，达吾提还得养活呀……我还是跟在工程队后面替他们缝缝补补、烧烧洗洗，替我和儿子挣些生活费……不过，这样的日子也没过长，还不到一年吧，那条铁路就修好了，工程队就散了，他们一下子就全走了……我怎么办呢？我能到哪里去呢？这样子能再嫁人吗？嫁了人达吾提还会有好日子过吗？这样我便找出他给我的地址了……我想我就来吧，就在他的家里跟你一块过日子吧……即使这辈子，人们都会说我是小老婆，说达吾提是个私生子……可是，这是他说过的，叫我们到您这里来……

古丽一口气说完了，这似乎是她所能说出的全部解释，现在她嘴里空空荡荡，再没什么好说的了。天上为什么飘来一朵云，地上为什么少了一只羊，一切不都是清清楚楚的吗？她看看红嫂，等待后者的答复。

红嫂不看她，也不回答，她在看着达吾提。达吾提这孩子累坏了，这会儿正趴在桌上打瞌睡，他的脸被胳膊压得有些变形，薄薄的嘴唇边，一条清亮的口水在渐渐浓重起来的暮色中缓缓拉长，最终滴到地面上，形成一个铜钱大小的水迹。

古丽这次明白了红嫂的潜台词，她顺着红嫂的目光也看着达吾提：是的，这孩子不像陈寅冬，一丁点儿都不像，他甚至都不太像我，真奇怪，他像我二哥……我二哥就是这样，白皮子，卷头发，凹眼睛……

那么，我凭什么相信你呢？相信你是陈寅冬的女人？相信这孩子是陈寅冬的血肉？

古丽想了想，忽然不合时宜地微微一笑，像荒凉山坡中开出的一朵山茶花。她走到红嫂身边，把嘴巴凑到红嫂耳边，她轻轻说了一句：他在床上，喜欢用脚……

站在门边的青青尽量地张开耳朵，可是真可惜，她连一个字都没有听到。但这句话显然极为重要，她看到，红嫂突然松弛下来，并轻轻地搂住古丽，两个女人为了一个共同的秘密而同时笑起来，笑得都有些暧昧了，到最后，又变得像哭一样。

凭着这句话，红嫂认定古丽的确是陈寅冬的人，而达吾提，是个长得不太像父亲的孩子。

红嫂真的留下了古丽和达吾提。

清晨稀薄的空气里，镇上的人们在简短的相互招呼过后，互相谈论起事件的这个结果，像是谈论起昨夜的一个共同的梦境，梦里，他们想象着古丽和男孩在这个小镇上今后的日子。古丽进入了小镇的梦，这也许是某种标志：她现在不再是外乡人了。

好奇心继续存在着，宽容却同样在生长，大多数人故意忽略掉男孩可疑的容貌和值得推敲的身世，同时，对红嫂的大度表现出由衷的满意。人心都是肉长的呀，哪能真的就让古丽和那男孩再回到大西北去呢，她们不投奔这小镇，还能投奔哪里呢。

当然，有人想到了经济的问题。原先，红嫂是靠陈寅冬的工资养活的，陈寅冬去世之后，红嫂就出来做起了小营生，主要是走街串巷地卖小吃物，冬天卖元宵汤团，春秋包饺子馄饨，夏天是酸梅汤果子露……这种小买卖，红嫂和青青两个是够吃了，这下，再添出两个人丁来，恐怕就拮据了吧……念及红嫂这些年的贤德，人们不免又替她感到委屈，她这一辈子，哪里享过什么福呢，小时候没个父母疼爱，成家了基本就是长年守活寡，守到最后，倒成了真正的寡妇，这都五十多岁的人了，临了，却还要替陈寅冬的小老婆私生子操心……

但也有人提出了不同的看法，认为这事对红嫂来说未尝不是件好事。您想啊，那青青终归是要出嫁的，而这红嫂，眼看着也就是要衰老的，天上掉下个古丽和男孩，不是给她轻轻松松就旺了人丁、添了子嗣嘛！再说了，人，生来是吃饭的不错，同样，也是能挣钱的呀，那古丽，哪会真的就来白吃白喝呢，红嫂哇，也算是多年的苦债换来个善终……

这些贴心贴肺的话自然传到了红嫂的耳里——这是镇上人们的美德，人们酷爱窃窃私语，同时也愿意把善意加以放大和传播。

红嫂对此不置一词，也未表现任何伤感、忧虑或沾沾自喜。担着吃食筐子，走在无人的小巷，她会对着虚空露出会心一笑。她是想到了那笔秘密的抚恤款子，到现在，她都还没动过一分一毫呢，她把它们放在那里，放在一个干燥妥帖的角落……只要有了那笔款子在垫底，她也就不怕了，就有退路了，她相信她能带着四个人过得好好的，不动用陈寅冬一分钱；而只要这笔款子没动，红嫂就感到心定神安，好像陈寅冬还在某个地方待着似的，他只是不再回来过春节而已……

红嫂的背影在巷子里被斜照过来的阳光拉长，一直拉到墙上，像是一张变形的面饼或是一片云彩的意象——这个妇人关于陈寅冬的想象也同样具有某些后现代的意味。是呀，谁知道呢？谁见过陈寅冬的尸首呢？连古丽都没见到，谁说他就是真的死了？也许他就是没有死，他只是用这种死的方式，活在某个地方，他希望由于他的消失，能够促成一个家庭的壮大，能够让红嫂与古丽、青青与达吾提在同一个屋顶下吃食与睡眠。他活着的时候，没有父母、兄弟、姐妹；但他死后，他有了一个兴旺的宅子，他有两位太太，有一对儿女，他异乡的坟上将会青草丛生、小鸟啾啾，如果能够这样，谁又能说他是真的死了呢？

二

进入腊月了，镇上的人们喜欢在这种季节吃汤圆，红嫂的生意好像更加好了一点似的。人们在买东西时会跟她搭讪几句，他们主要会询问关于古丽的事情，古丽彩色的头巾在这个镇上总不免令人浮想联翩。同时，对于她与陈寅冬的故事，其开始与结局，情节与细节，他们就像现今的记者一样，总会有着孜孜以求的兴趣。

红嫂称着汤团，找着零钱，一边笑起来：你们不都看到了嘛，就是那样的呗……

红嫂对这些一再重复的问题极有耐心，但她很少进行详细的解说。她发现，古丽的故事简直像是汤团里的馅，不确定、被包裹、回味弥久……让人们在想象中垂涎欲滴，而这对一个吃食摊子来说，难道不是一笔挺可爱的财富吗？当然，红嫂其实并没有什么商业头脑，但她有直觉，她几乎是下意识地，富有技巧却又浑然天成地保护着古丽的神秘性；为了不让人们扫兴，她又会善解人意地指指汤团：喏，这可是古丽帮我揉的面，古丽帮我包的馅……

哦，真的呀！人们好像因此得到了些许安慰，于是心满意足地提了汤团回去，在晚餐的桌子上，男人会端详着汤匙里白胖的汤团，想象着古丽的手掌正在一遍一遍地搓动，从而感受到一种不可言传的快乐。

是呀，红嫂并没有骗他们。晚上，红嫂总会带着一家人和馅、搓团子。她踮起脚把油灯高高地放到灶顶上，这样整个屋子都亮堂了。

光来自高处，桌椅的阴影因此显得小了，但人脸上的阴影却变得大了，古丽的睫毛像刷子似的投在她的脸上，青青的刘海则像帘子，她的眼睛躲在帘子后面，悄悄地盯着古丽，并把古丽与母亲红嫂做着对比。女人与女人之间的巨大差异总让这少女心有所动，继而联想到另一个世界的父亲，在他的眼里，红嫂与古丽又各是怎样的角色与位置？

夜晚有些凉了，屋子里却充满着令人沉醉的香甜气，糯米、豆沙、芝麻，它们像比赛似的各自散发出醇厚的味道。每到这样的时候，达吾提就会像一只蜜蜂似的，在屋子里绕着圈子转来转去，拖着蝙蝠般扁扁的影子。他把头伸到红豆沙的盆子里，他把鼻子凑近芝麻的木臼里，贪婪地无休止地闻着。或者，他会闭着眼睛，拿起一个又一个包好的汤团，凑近鼻子闻一下，然后宣布是豆沙馅还是芝麻馅。他的鼻子花瓣一样紧紧皱起，完全沉迷在这不断重复的简单游戏中。

达吾提的鼻子属狗。古丽仰起头对红嫂说，这是一场聊天的开场白。这样刮着风的夜晚，总是古丽第一个打破沉默，像在夜里划亮第一根火柴。

古丽一开口，红嫂总是突然一怔，她看看对面的古丽，会在一瞬间感到迷茫和不解：这女人是谁呀，怎么坐在我家里呢？这世上，除了女儿青青，怎么还有别的人在这里？到底是五十岁的人了，在一天的走街串巷之后，她是有些困倦了，以致出现了短暂的失忆与幻觉。当然，她很快就清醒了，

达吾提的鼻子真是狗鼻子呢！古丽接着往下说，从小就是，别人是用眼睛认路，他好像是用鼻子，到哪儿都会在各处角落各样家什上嗅嗅，木头味儿，丝绸味儿，柴火味儿，轮胎味儿，生瓜与熟瓜的味儿，甜葡萄与生葡萄的味儿……那时在工程队，一大堆男人里面，他就是能闭着眼睛把寅冬给挑出来，他总说，每个人的味儿都不一样，闻一闻就知道了。男人和女人，老人和小孩，好人和坏人，都各有各的味道，他一闻就能闻出来……

红嫂笑起来，困倦都去了一半似的，她看看那孩子，他手里

握着两个汤团，头却已耷下来，睡着了。青青于是赶紧洗洗手，把达吾提弄到里屋的床上去了。

屋子里现在只剩下红嫂和古丽了。即使是晚上，后者还是穿着齐整的长裙。她从西北带来的那个包袱，像是个无穷无尽的宝囊似的，腰带与头巾，披肩与下围，总会被她别出心裁地变出令人眼前一亮的装束，像个女魔术师似的……她偶尔会走上街头，左顾右盼地东张西望，婀娜的背影像冬季盛开的桃花。但是，在一个陌生的小镇，在她所投奔和寄居的人家家里，她难道不应该表现得沉郁一些吗？比如，她应当唯唯诺诺，她应当低头而行，她应当谨慎地只穿深色衣衫……当然，议论归议论，人们并不真的希望古丽那样，对于超出常理与常识的事，人们保持着矛盾的心态，一方面，他们指指点点，另一方面，他们有所期盼和鼓励，甚至在暗地里十分激赏。

红嫂看看古丽，再看看自己。她像青青一样，不是用自己的眼睛，而是用陈寅冬的眼睛。难怪呀，年纪、容貌、衣饰、性情，她跟古丽怎堪一比？陈寅冬怎么可能不喜欢上古丽？甚至，红嫂现在都有些不确定了，有了这么一个古丽，陈寅冬后来是否还在喜欢她呢……

红嫂回忆起她跟陈寅冬的婚后生活，是否有过如胶似漆的时光？尽管聚少离多，但每次的团聚并不总是激动人心的。陈寅冬似乎并不特别热衷于床帏之事，他身量不高，亦谈不上强壮，他似乎有一种与生俱来的抑郁与忧戚，他经常在半夜突然醒来，然后坐在黑暗中的床头一言不发。

红嫂对他甚为恭敬，即使是夫妻，他对于她而言仍有着某种程度上的神秘——他长年在外，过着与镇上人完全不同的日子，对菜肴，他有一些特别的口味，谈话中，他有时会说出那个地方的口头语。有时，红嫂会觉得陈寅冬是个陌生的男人，他们在床上亲热，相互摸索着寻找方位与节奏，全无默契，更谈不上放松与放纵。那么，是否这其实就是一种迹象，是他对古丽心有所盼的迹象？

对这些事情，红嫂从前似乎都没有如此明白地想过，不知为何，在这样的晚上，看着面前这样的古丽，红嫂忽然体味到一种迟来的感悟——她这一辈子，或许真是前所未有的荒凉吧，唯一的男人，即使只是在那些短暂的春节假期里，他也没有真正地在疼爱她。包括他的死，他通过死所换来的抚恤金，或许更多的也只是为了古丽和那个男孩呢。

按理，明白并接受这样一个现实应当是悲痛和委屈的吧，可是真奇怪，红嫂也并没有感到特别的心酸，她只是微微叹口气而已——本来嘛，对她来说，陈寅冬死与不死，不都是一回事！他活着，也只活在古丽那里，对红嫂来说，相当于是死了；他死了，对她红嫂而言，仍跟从前一样，他活在那里，她活在这里，她并没有特别少掉什么……

红嫂发现自己笑了，在高处灯火的影子下，她在心底笑了：陈寅冬的死，怎么就变成了一件若有若无的事呢？

每个晚上，都是青青把打着盹的达吾提抱上床。小男孩的身体热乎乎、沉甸甸的，血液在皮肤下穿行，眼皮微微半张，有着麻雀般的敏感与软弱。青青的身量和气力足够抱起男孩，却又总觉得使不上力气，反倒显得有些笨手笨脚。

她用脚推开古丽和达吾提的房间门，老式的床宽大而陈旧，发黄的蚊帐如眼帘低垂。她把达吾提一直送到床最里边贴墙的地方，为了防止达吾提着凉，青青又爬上去，细心地在靠墙处放上一块垫子。她的身体从达吾提身上越过去——而每每都是这样的时刻，达吾提突然睁开眼睛，他醒了。他的眼睛正对着青青的上半身。

怎么的？青青连忙缩回来，跪坐在人床的外口。

我闻见你了。

什么？青青有些羞恼，但达吾提的眼睛那么清亮，干干净净的，让她都没法作恼，也不知要说些什么才好。

但她其实并不要说什么，达吾提像在做梦一样地一串串往外说着呢：我闻见你了。你身上有各种各样的味道。木桶。麻绳。竹竿。皂角。水草。豆子。灶火。

青青这下子笑起来，可不是呢，她这一天里，一大早到用木桶到河里挑水，然后用皂角洗衣裳，晾到竹竿上。下午，跟红嫂一起搓了会儿麻绳，晚上，又把红豆沙给漂洗了几遍，然后在锅里煨上了……

小东西，瞎说！这哪里是你闻见的？这一天里，我到过什么地方，做了些什么，你不都像个小尾巴似的跟在后面……能说出这些来有什么稀奇！

这是第一层的味道。还有第二层呢……达吾提说着重新闭上眼，像走入了一个梦中的花园。你的头发是芝麻味儿。你的眼睛是露水味儿。你的嘴巴是……是……

达吾提皱起眉头，好像迷了路，他慢慢地抬起身，把他的鼻子靠近青青的嘴唇，在那里停了停，蹭了蹭，然后才接着说：你的嘴巴是番茄味儿。

青青被达吾提方才的动作给呆住了，她噤在那里，甚至都没有听清达吾提所说的那些味道……达吾提的鼻子凉凉的，那冷而湿润的感觉仍停留在她的唇上，她几乎感觉到那就是一个吻，一个不成形的小男孩的亲吻，带着某种同情与体谅似的。

青青舔舔自己的嘴唇，不知为什么，泪突然流下来，青青的青春期就这样被达吾提的鼻子给唤醒了，她的胸脯在瞬间鼓胀起来，那是陌生的呼唤与刺激，她感到说不清楚的寂寞与疼痛。

她仍旧跪在床上，而达吾提，似乎又重新睡过去了，均匀的呼吸轻轻拂过黑暗中的空气，有着小野兽般的天真劲儿和热乎劲儿，像是一种闻不见的芳香。

到了黄昏，小街小巷里的寒风就更甚了，刮在人脸上，像是小柳条在抽打似的，担着有些累赘的筐子走在风里，感觉就有些凄苦了，但红嫂并不在意，她认为吃苦是天生的，是必需的。酸胀的腰背、变质的剩饭剩菜、缝补得不像样子的内衣、总是会倒炝烟的灶台，以及冬天这种刺冷的寒风——生活中处处充满不适，这不适反倒让她感到某种安全和踏实。

有时，红嫂在寒风里都一直走到天快黑了，每条巷子都走过两遍了，仍会剩下一些汤团，红嫂倒也不恼，便将计就计带回家去做晚饭吃。

每到这样的时候，古丽总是最高兴的，她会早早地把米桂花、白绵糖一起摆到桌上，又找出配套的瓷碗和瓷勺，然后才掀开热气腾腾的锅盖，给每只碗都盛上六个汤团，摆成梅花的模样。接着，她会第一个捧起碗，舀出一个囫囵着放进嘴中，闭上眼睛慢慢地咬破皮子，用舌头把芝麻和糯米搅在一起，然后重新咀嚼，唇齿间发出轻微的咂摸声，再慢慢地咽下去，体味它们在喉咙中停滞和下滑的滋味……

就像来到镇上的第一天一样，古丽吃东西的模样总是如此沉醉、心无旁骛，让红嫂和青青甚为惊异。不仅仅是这些有馅的汤团，就是用剩下的糯米屑子搓成的实心小元宵，面条锅里的面汤，用咸菜帮子和一些肉杂碎做成的浇头，她都会有滋有味、全心全意地投入享用……

对吃是如此，对睡眠、穿衣亦是有过之而无不及。每个早晨，她都会狠狠地一直睡到日上树梢，在被窝里伸长长的懒腰，把被子都伸得拱起来，大声叹息着对一夜无梦表示满足。然后，她精心地把那些裙子摊到床边，对着屋子里那缺了一角的镜子反复比画，一边伸出头去问青青外面的天气，如果太阳很好，她就穿橙色的，如果有些阴，她穿绿色的，如果有小鸟叫了，她就穿带大花的……她对生活的每一刻都特别精心，带着感恩与珍重，一定要别出心裁，让所有的人都高兴似的……

青青，这依然生涩、含苞未放的少女。红嫂，这饱受苦难、几乎不知何为生之乐趣的母亲。古丽的奔放与热烈带给她们的到底是什么呀！

——无疑，青青从不掩饰她对古丽的崇拜，她总是悄无声息地盯着古丽，随时准备替她接接拿拿，随时准备应答她各种各样的感叹或提问。少女依然穿着从前的旧衣裳，梳着从前的独辫子，走起路来微微含胸，可是，青青，真的有什么地方跟从前不一样了。就像一个孩子，读过书与没读过书的那种差别。古丽就是青青的启蒙老师，正是在古丽明媚的背影之后，青青的性别意识开始了苏醒，对风月有了一知半解的领会，对神情、体态有了自觉的把握与训练……

至于红嫂，一下子很难说得清楚。她本来以为自己是要生气的，特别是要生陈寅冬的气，他为什么会喜欢上这样的女人呢，简直是自己的反面，她吃没吃相、睡没睡相，缺乏起码的妇道礼数……可是细想想，又说不出古丽具体的什么不好来，后者总是那么欢天喜地的，带着股大大咧咧的孩子气似的……看着她像蜜桃一样的身体，连红嫂都有些愉悦起来，瞧瞧自己，这裂了口子的手指头，眼睛下深褐色的眼袋，在头顶上闪闪烁烁的白发……唉，有些人，就是要像古丽那样活的，享乐、精致、风流；而另一些人，则是像自己这样活的，克己、粗糙、本分。在古丽面前，她一方面有着道德和良心上的优越感，但同时，也有着对另一种风流生活进行张望和入侵的欲望。

这样，等达吾提和青青睡下之后，红嫂会主动跟古丽说起话来，寒夜漫漫，她们没有男人，只有时间，可她们又能靠什么来打发时间呢？

红嫂不动声色地聊起一些闲话，周密地一步步把话题往隐秘处推进。不过，红嫂大可不必如此花费心机，古丽哪里需要她引导呢，她几乎是径直地就往红嫂最想听的地方去了。

唉，红嫂，要说起来，陈寅冬更在乎的可能还是您呢！比方说吧，好好地正趴在我身上呢，他会突然就叹起气来，把眼睛往黑乎乎的窗外看，不知要看到哪里似的，整个人都萎下去了……

怎么可能呢！怎么可能呢！红嫂不必要地大声分辩起来。她认为古丽这是在安慰她。况且，就算古丽说的是真的，红嫂意外地发现，她对此也并不感到多少的高兴——奇怪吧，她并不真的在乎陈寅冬更喜欢谁。喜欢人家古丽，那是对的是正常的；喜欢她红嫂，那就叫她不踏实以至不舒服了……

其实吧，我有对不起陈寅冬的地方，谁叫他有两个老婆呢，他能有两个老婆，我就不能有两个男人吗是不是？

这么说，你还有另外一个……红嫂兴味盎然，她很高兴古丽转移了话题。古丽的这个理论显然是经不起推敲的，要在白天，红嫂都会吐唾沫的，可是怪了，现在，红嫂就觉得古丽说得有道理，她做得更有道理。

是呀，每年，我也会离开工程队一阵子，赶几十里路回家里看看父母，一方面是看父母，另一方面当然是看他……他呀，可比咱们陈寅冬厉害多了，每次都让我受不了了呢，撑死了呢，我都全身发抖了呢……不像咱们陈寅冬，他身量小，气又短，到后来就只能用脚了，他就爱把脚指头当家伙使……古丽的用语粗俗而直接，神情却坦诚而大方，像是仅仅在谈论一顿美食或一段面料似的。所以说呀，红嫂，您看看，在这个世上，让人舒服的东西可真多呀，好饭好菜，好衣好裳，好觉好睡，哪一样我都喜欢极了，特别是睡觉的事呀，一个人睡有一个人睡的甜，两个人睡有两个人睡的美，我哪一样都爱死了，爱到骨子里去了……

昏暗的油灯有效地替红嫂遮住了她一再腾起的红晕，她多喜欢听古丽这么说话呀，她还从来没听人这样说过话呢，她还从来没想过这些事呢……好像就是从古丽这里，她才肯承认，对呀，原来，那也是件舒服的事呢……不过，她在陈寅冬那里感到过舒服了吗？难道那过去的几十年，她竟一直是无知无觉的吗？就连陈寅冬喜欢用脚的这一习惯，她也没有去多想……那些春节，外面有着呼呼的风，陈寅冬忽然从她身上软下来，然后，像是例行仪式似的，他举起脚来，从上到下地抚摸着她，最后，停在那里……这回忆如此清晰，宛若仍在床榻，最令红嫂沉湎不已的是，她想到，那陈寅冬，对古丽，竟也是这样的呢……一个喜欢用脚的男人，她们的男人……

三

红嫂原以为古丽可以像她一样，满足于每晚的回忆与叙述，并且，她们可以依靠这回忆共同过活，她进入老年，而古丽进入中年。事实上，春天来了之后，红嫂发现：她可能错了。古丽，在骨子里，就是跟她不一样的女人，这不是谁更好谁更坏的问题，只是，彼此不同。

是呀，春天来了，东坝小镇的春天带有明目张胆的鼓动性，互相攀比着似的，这里绿了，那里红了，空气里都躁躁的，让人感到口渴和焦灼，非要干点什么事似的。这跟古丽的家乡是全然不同了，古丽一下子就被打昏了，她再也坐不住了。

她积极地几次三番地向红嫂要求，由她出去卖吃食，再不出门走走，她就要"霉掉了""烂掉了"。

红嫂看看古丽，后者已经换上春季的衣服了，一方面显得单薄了，另一方面又更加丰满了，红嫂几乎看得欢喜起来，有心要放她出去走走，但又总觉得哪里不大妥当，好像这话一答应下来，就是同时还应承了别的什么似的。

青青在一边看着，想替古丽说情，开了口却又是站在红嫂这边的样子：妈，你都五十多了，再出去跑来跑去，吃不消吧。正好，也让古丽熟悉熟悉，这镇上，她走得还没达吾提多呢！

红嫂扶扶自己的腰，好像突然间就疲惫了起来，这疲惫来得有些违心，又有些存心，总之，她想现在是应当累了，该回到屋子里了，那外面的天地，就给古丽去飘摇吧。

因是春季，这时候，红嫂做的小吃食不再是汤团，改成炸麻团和咸花卷了。春天日头长，人们走着走着，很容易就会饿了，如果正好迎面碰上个吃食担子，他们就会买上几个，一路慢慢地走着也就吃光了。

古丽对巷子着实不大熟，走起来有些犹犹疑疑、左顾右盼的，这就跟镇上妇女们大步流星的样子大不同了。人们在后面看了，在侧面看了，在前面看了，都感到一种与众不同的好，他们不免就停下来，喊住古丽，慢慢吞吞地挑上几个包子，慢慢吞吞地掏钱。他们喜欢听古丽说话，因为古丽的话听上去别扭、拗口，他们还注意到古丽鼻尖上的小汗珠，以及她头上随便别上的一朵蔷薇花。她在他们眼中，要比手中的吃食更要耐人寻味。

古丽的生意当然是出奇的好了，比红嫂从前卖出的要多出一倍，还没等红嫂来得及高兴，好好数数那些多出来的钱，古丽就自作主张地开始花钱了。

经过小百货店，她会进去看看，路过布店，停下来东摸西看，经过鞋铺，她又会倚在人家的门前，问这问那。然后，回家的时候，她会一五一十眉飞色舞地重现她所看到听到想到的一切，并且，她的担子里还会多了些别的东西，塑料拖鞋、发亮的发夹、彩色的虾片、能吹出泡泡的糖——不用说，这些新奇玩意儿本身是有着令人激动的魔力的，而且，古丽的行事方式又增加了这种魔力性。比如，她买东西完全没有规律，她并不是每天带，或是隔天带。当大家满心以为她今天是要买什么了，她却空着手回来了；而当大家没指望的时候，她却突然把篮子伸到大家面前。古丽还喜欢把那些新玩意儿藏在篮子的布幔下，然后，让他们摸。让达吾提猜颜色，让青青猜是吃的、用的还是玩的，最后让红嫂猜：这礼物是买给谁的？

——对于古丽突然爆发出来的购买欲，红嫂是拦都来不及拦了，也是拦不住了，脚在她身上，钱在她身上，这可是真是糟透了！红嫂虚张声势地在心中感叹：她这辈子都没有这样大手大脚花过钱哪，这镇上也没人这样不要命了似的花钱吧！镇上的习惯和风气是这样的：如果能赚上五块钱，一定只能过五毛钱的日子，或者更低，一毛都不花才好，要低于能力，要低于环境，要低于需要，那才是正经过日子的道理，可看古丽这样子，分明是不想过了！

感叹归感叹，生气归生气，红嫂心里却明白得很，她不是真的生气，她不是还有陈寅冬的那笔钱在垫底嘛！就是古丽一分钱都赚不到又怎么样，她们四个人照样可以过得舒舒服服的不是吗……这样想想，红嫂就真的定下心来，她只是假装舍不得、假装懊恼，可其实呢，在她心底里，却跟青青和达吾提一样每天都等着盼着古丽从外面回来……

再说，古丽其实也没有花很多的钱哪，但真的，每样东西都让大家叹为观止，生活好像因此多了无穷无尽的乐趣似的！您说，买回来总不能不用吧！那才是真的作孽呢！红嫂于是起了油锅，炸虾片，眼睁睁看着单薄的虾片突然弯卷着像笑脸一样膨胀开来。她穿上了平生第一件的确良裙子，她还试了试青青的红色塑料拖鞋，并偷偷地把达吾提的泡泡糖揪下一块放到嘴里……

黏黏的泡泡糖让红嫂惊讶得差点吞下肚里，她慌张而笨拙地从嘴里抠出来，笑话起自己这个乡下女人，她弯下腰尽量不出声地笑着，竟笑出了眼泪，她伸出粗得有些糙的手抹去泪珠，接着，她真的流起泪来——这迟来的乐趣呀，如此细小、真实，可是，却又残酷地让她意识到她前面那些年月的孤独与虚度。

当然，从前的日子跟陈寅冬无关，怪不得他，但眼下的日子，也许倒要谢谢陈寅冬，是他在那遥远的地方结识了古丽，是他通过死亡把古丽带到这个镇上，带到她的身边，陪伴她即将开始的老年。

达吾提吃得很多，睡得也很好，但他的个子却一直不长，好像就准备永远停在那个高度，也许是因为他走动得太多——从仲春直到初夏，他总像是丢了什么东西似的，逼着青青带着他到外面游游荡荡。他抽着他的鼻子，像一只肩负神秘使命的小狗，在清晨，在正午，在迟暮，在一天中的不同时分。在阴沟边，在桃林里，在石灰厂，在屠户的案板边，在织布厂前，在邮筒边，在小镇的不同地点，他都会流连忘返，逗留不去，专注、努力地抽动鼻子，像人们深情地凝视某处即将永别的地方。

青青有时会走在他的身后，不过，她跟达吾提的趣味全然不同。这个春天，青青是完全发育了，心理上的发育。她开始懂得轻轻垂下眼皮，开始晓得自己胸脯的美，开始知道微微提起臀部——大多数时候，她是在不自觉地模仿古丽，因此她需要走到巷子里，在没有人看见的地方好好练习，她满心期望着，不久以后，她会成为一个跟古丽一样漂亮的女人，有着一个跟达吾提一样的孩子……

达吾提，你看我好看吗？青青想起古丽头上的花来，她摘下一朵那种同样粉红的蔷薇，同样地别在头上同一个位置，她偏过头去问达吾提。

达吾提从某种专注中勉强地拉回自己，他眯着眼看青青，眼睛越眯越小，像有阳光钻进去了似的。最终，他还是走了过来，把鼻子凑到青青身上，他闻了闻，然后才说：好看，香。

那比你妈妈呢？青青这是有些贪心了。

达吾提严肃地看看青青，他虽睁大眼睛，却视若无物，然后不置可否地又转回身研究他的味道去了。

青青把花取下来在手里握住，她忽然想起方才达吾提的眼睛，他为什么要眯那么小呢，并且，她想起来，这段时间，他总是这样，当他无所事事时，他会睁大双眼，却有些空洞。但当他想看看什么时，却会越来越小地眯起，脑袋向一边歪过去，吃力而别扭……这里面，有什么问题吗？

在这家新开张的裁缝店前，古丽迷路了。因为迷路，她认识了张玉才。

事实上，这段时间，这镇上的巷子她来来回回已走了不知多少遍了，但古丽不记路，因为她每天走的路线都不太一样，她不是根据居民区的分布来决定路线，而是看哪里好玩了、没见过、没来过，她就停下了，看一看，张一张，然后歪打正着地，摸索着找到回去的路。

让古丽迷路的这家裁缝店，大得超出镇上所有人的想象，缝纫机是一溜排开的，咔嚓咔嚓，声音此起彼伏，好听得很。厅堂上方的绳子上挂有女人的春秋衫、格子裙，男人的中山装、列宁装，甚至还有一套白色的西装，气派极了。就连两个小伙计，都穿着一式一样的对襟褂，脖子里搭根软尺，看人喜欢从下到上，打量一圈，像用眼睛在掐尺寸似的。古丽把担子放在门口，走进去摸摸那些料子，看看那些样式，简直喜欢死这家店铺了。

她磨磨蹭蹭地看了又看，终于想到放在门口的吃食担子，这才不得不提脚走了出去。这一出门，发现天色已经不早了，看看担子里还有不少花卷呢，她有些急了，见路就走，东拐西拐，这样走了一大圈，发现自己竟又回到了裁缝店前。古丽倒也不慌，她想了想，换个方向继续走，可是事情真是怪了，好像注定她今天就得结识上张玉才似的。她走了第二圈，似乎走得很远，都要到镇子边上了，可一抬头，瞧，这不还是那家新开的裁缝店嘛！

天色真是一层层暗下来了，古丽看看担子里的花卷，虽说没剩几个，可这于她，还是没有过的事哩，竟然会卖不完！而且还找不着路了，天天走的小镇，却连问人都不好意思开口！

古丽有些恼了，恼自己，恼这些花卷，还恼那家裁缝店，她四处看看，正不知怎么开口问人呢，张玉才却主动走上来了。

古丽，我都跟你走了两大圈了，你兜来兜去到底是要到哪里去？张玉才身量不算高，却挺干净，棉毛衫外面翻出白衬衫的领子。

这镇上的人，在称呼上一直让古丽很不习惯。如是很熟悉的人，他们会喊成亲戚似的：什么婶，什么叔，什么姑，什么爷。如果是不认识的呢，他们一律喊：嗳！对于古丽，他们把她划归到后者。

嗳，买四只豆沙麻团。嗳，你帮我换个零钱吧。嗳，你家那小男孩几岁了。

可是，"古丽"！这个小青年竟这样喊自己。像一个男同学在喊一个女同学，像是认识了很长时间似的。再看看他的干净模样，想想他竟然不声不响地跟了自己两圈。古丽忽然觉得自己整个人都活泛起来，松动起来。

你管我想到哪里去呢，你跟着做什么？古丽有心想让他带个路，嘴上却是不饶人。要说跟男人耍嘴逗趣，她一向是擅长的，从前在工程队，那些姑娘们个个泼辣、能说会道，要不然也不敢到男人堆里讨生活，她在其中也算是个佼佼者。只是自从陈寅冬死了，自从来到这个小镇，因为背景与环境的变化，她竟有些疏于此道了，这会儿见了张玉才，那本领倒一下子复活了。

那么，是我搞错了，以为你迷了方向。再说我看天色晚了，也怕你一个人不太安全。张玉才话虽说得体己，神情却是不卑不亢。

这一来一往，就知道对方的深浅了。想不到这样年纪轻轻的一个小伙子，竟也有这样的胆识。到这个镇上以来，还从来没有人跟古丽这样说过话呢——有趣味，有分寸，有想头！

两个人一边说着话，一边就往前走了，自然，是张玉才略略走在前面带路。

走了一程，张玉才忽地想起什么似的，侧过身掀开古丽筐子上的布，看到里面还有几个花卷，于是，伸手在身上摸摸，掏出一毛钱来：正好，我全买了吧。

古丽这下是真的触动了，这个张玉才，何止是有趣，心思还这样细巧，这样贴心！

送到红嫂家，青青跟达吾提早就站在屋檐下心神不宁地张望了，古丽一到，他们全都如获至宝地叫起来，连红嫂都从屋子里搓着手出来，毕竟，古丽还从没回来这么晚过。

古丽顾不上理会红嫂的询问，又把扑到怀里的达吾提拉开，她忙不迭地要招待她在这镇上的第一个客人。喝茶。请坐。请进来。噢，这是红嫂，你认识的吧？她的招待明显有些失了秩序。

张玉才却还是那么定定心心的，站在那里，他听着古丽把红嫂、青青和达吾提一一介绍完，笑吟吟地点点头，才不急不忙地招呼一声告辞走了，竟是连门都没有进的，他举举手中的花卷：我也要回去吃晚饭呢！

一家人就这样被丢在门口，有些眼睁睁的样子看着他走了。张玉才的背影在暮色中一会儿就看不清了，只有达吾提还在抽鼻子，并显出若有所思的样子。

这以后，古丽跟张玉才就算是熟人算是朋友了。说也好玩，不认识的时候，大街上所有的脸都一样，古丽好像从没有在巷子里见过他。认识之后，他的脸总是老远就会从人群中浮出来，几乎天天都要碰面了。

古丽慢慢知道，张玉才可是正经的初中毕业生，因为读过书，家里人又有些脸面，正托人找了个老会计在学打算盘做账，看样子，以后是要做会计了。会计，这在小镇上，跟老师和医生一样，最是受人尊敬的行当。张玉才想来也是知道这一点的，他的神情之中因此比一般的人又多了几分自信，更添了他与众不同的一点气魄。

认识张玉才之后，古丽倒好像是天天都要迷路了，反正她心里有底，到了黄昏，总会碰上他——或者是他在找她呢！古丽只当不知道，她好像习以为常般地，一边说说闲话，一边跟着他走，从小巷走，从人家的屋子后面走，从河道边走，从小桃林里走，也不知是抄了近路还是绕得更远。

张玉才经常一边说话，一边回过头频频地看古丽，带着突如其来的激动凝视她微凹的眼睛。这样的时候——走在张玉才身后，走在这样僻静的小道上，感受张玉才的频频回头，古丽总是很快活的。她想，这便是日子里的好滋味呀，跟吃好东西、睡好觉是一样的……至于今后跟张玉才如何如何，她从来不想，一秒钟都不想，想了又有什么用？她结过婚，她有个儿子，她比张玉才大上十二岁，想这些干什么，不是白白让自己过不好日子吗……

可是，有个姑娘，她却开始想了，她想得具体极了，美好极了，一直想到了结婚，想到了生孩子。是呀，这姑娘是青青。那天，她在门口第一次看到张玉才，她看到他笑吟吟地冲她点头。

在一秒钟前，什么处对象、谈恋爱呀这些事，离青青还有十万八千里呢，可是，等到这张玉才对她点了点头，一秒钟的样子，她突然就感到，一下子就来了，她的事情、她的命就这样定下来了，就逼到眼跟前了。她只愿意让这个小伙子娶她，她只愿意嫁给他。

青青的想法有些太过突飞猛进了，就像一个还不会走路的孩子，一下子却跑起来，还飞起来。因此，青青是完全把持不住了，她的内向、拘谨、生涩好像都给挤到一边去了，只要是跟张玉才有关的事情或细节，她都会像个不会吃东西的人一样囫囵吞枣地一口吞下去，不分青红皂白，不分酸甜苦辣。然后，等到夜深了，她才会一个人缩在被窝里，慢慢地一小块一小块地重新咀嚼回味。

自然，她所能得到的任何有关张玉才的信息，来源者只可能是古丽，青青一向对古丽是信服的、崇拜的，而古丽，想想吧，每当她说起张玉才来，用的又是什么样的语气和角度呢？这对青青来说，更加是顺风吹火、火上浇油了！

可光是这样听听又怎能满足？可怜的姑娘，她的胆子真是大得都要发狂了，她开始悄悄地跑到街上，寻找张玉才的身影……

好在她是在这镇子上从小泡大的，在张玉才还没有跟古丽碰面时，她会先一步找到张玉才的踪迹。她看见他把手插在兜里走路，停在路边跟人说话，别人给他散烟，他客气地摆摆手。走过一家玩具摊，他孩子气地蹲下去，拿起一只会叫的塑料鸭挤出响亮的声音……青青着迷地盯着看，觉得他的每一个动作，每一个姿势，都再好不过了！

这少女的相思之情啊，太过猛烈，太过茂盛，她完全沉浸在自以为是的想象中，她以为这便是处对象了，她以为这样便是可以结婚了！青青闪在拐角口，按着像青蛙一样乱跳的心……一直要等到张玉才跟古丽正好"碰"上后，她才仓促地结束她的追寻之旅。因为，有古丽跟张玉才在一块儿，她就放心了，她知道古丽回家后会重述她跟张玉才之间的对话，她什么都不会漏过……

青青以为她正在浇灌着一个秘密，这秘密是她的，也是张玉才的，这世上切切不可有第三者知道。可是，这世上怎么可能有不泄露的秘密呢。秘密是什么？是空气，是风，是水，是沙子，只要有一点点可能的空间，它们就泄了，悄悄地弥漫开来，众所周知，满城风雨。到最后，只有制造与守护秘密的那个人，还像守着风中之烛般，在小心翼翼地用两只手围着、罩着，死了命地护着。

最先识破青青秘密的是达吾提，这个小小的气味儿收集者。还是在睡觉之前的那一小段时间，当青青把熟睡的他抱到床上，他睁开眼睛，这次他没有看青青，只是看着前面的黑。

青青刮刮他的鼻子：又醒了？

达吾提短促地呼了口气：你的味道不对了。

嗯？青青笑起来，说实话，对于达吾提关于气味儿的各种说法，她从来都不当真，他不过是在玩游戏罢了。一个七八岁的孩子，不正是游戏的年纪吗，就像别的孩子喜欢木手枪喜欢弹弓，而他，则喜欢玩玩味道。这样想着，她便会装出认真的样子，陪着他玩。

怎么就不对了呢，你从前不是说过的？我的头发是芝麻味儿，眼睛是露水味，嘴巴是番茄味儿。

现在不对了。你身上满是大街的味儿。

大街的味儿又怎么了？

你的味儿乱乱的，糊里糊涂、傻里傻气的……嗳，我问你，你为什么整天到外面转悠？

小东西，你倒管起我来了……青青有一点慌乱，但想想达吾提毕竟是个孩子，应当是无妨的，他哪里就能看破她的心思？

我不管你，谁会管你呢？达吾提的声音里忽然流露出一种深深的忧戚与同情，好像只有他才能真正替青青着想似的。

青青被达吾提的情绪噤住了，这八岁的孩子，像是最柔弱的，却又像是最犀利的。他为什么会流露出那种发自内心的悲伤？

青青，你不要出去了，不要再跟着他了。他来的那天，我闻过了，我就知道，他不会喜欢你……这个人与那个人，他们的味道，就像这个人对那个人的脾气一样，有的是天生合得来的，有的是永远都凑不到一块儿的……

你瞎说什么呢。青青小声地回应道。隔了一会儿，她终于忍不住问道：那你说他喜欢什么样的味道呢，我能变成那种味道吗？

你难道真的没看出来？他喜欢的，是我妈妈的味道。达吾提把他温热的小手伸到青青的胳膊上，他轻轻地抚摸着青青，隔着皮肤，传递出单薄而纯粹的亲爱。

少女却在突然之间枯萎了下去，软软地跌到达吾提一侧，她的头落到古丽的枕上，古丽的味道像无知的蛇一样钻进她的鼻孔。

青青的萎靡与消瘦带着少女期的苍白，她因此变得好看了起来。晚饭桌上，古丽一边美美地吃着，一边飞快地看了她两眼，这对餐中的古丽而言，是难得的分心。

红嫂，看见没，青青长成大姑娘了，身量长长的，眼色水汪汪的。她兴高采烈，嘴里塞得满满的，说得有些口齿不清。

哼。做母亲的有一点点得意，却还是压下去。红嫂知道，再平常的女人，在做姑娘时，总有那么三四年，看上去是相当迷人的。

青青低着头，她不敢抬头，也不敢开口，生怕会招出眼里的一泡泪。听到古丽夸她漂亮，她自然是高兴的。就是到现在，她依然还是那么崇拜古丽，后者说的每一句话，她都会毫无保留地喜欢。

这几天，她慢慢地有些想通了，不那么绝望了，不那么怨怪张玉才了……他喜欢古丽，这哪里就能怪他？更不能怪古丽，要怪，只能怪自己，长得不好，味道不对……

等下了饭桌，用茶水冲过了嘴，又呆坐着舒舒服服地消化了一会儿，古丽的注意力才算完全地清醒过来。她暗暗地瞧着正在洗碗的青青，后者的动作有气无力，动作慢吞吞的……即使只是个侧影，也能感觉到青青那被克制着的某种情绪。

那是什么？她在忍受什么痛苦呢？

古丽想了想，转到房间里去，达吾提正瞪着两只眼待在黑地里。

古丽正想点灯，孩子却喃喃地说：不要点，看到灯，我眼睛就会疼……

古丽于是也待在了黑暗里，她仍在想方才的问题。一个十九岁的姑娘，会为什么伤心？自然，应当是年轻人的心事。那么，又会是谁呢？在这个镇上，青青会为了谁？她都认识些谁？

这么稍稍推理了一两步，答案就水落石出了。古丽为自己的聪明高兴起来……可是，等一等，这么说，事情的结局要提前到了，在她与张玉才之间？

张玉才现在已经不再假装是偶然碰到古丽了。他与古丽之间，实际上已经有了默契。他们会在那家裁缝店前碰面，然后一起漫无目的东走西走。

古丽喜欢向张玉才回忆她从前在铁路工程队的事情，她那时，比现在更年轻、泼辣，敢当着一大群男人的面就跳起舞来；头上的纱巾从来都跟别人不重样，走在荒地里，人们老远就会认出她……张玉才笑微微地听着，一半是折服于古丽的塞外风情，一半是沉醉在双方的爱慕中——他们没有拉过手，好像也不曾想过要拉手，更不要谈别的。他们好像真的只是简简单单的爱慕与喜欢，这爱慕，真实、轻松，而不必担心来路与去程，因为结果是明摆着的，他们都一清二楚：他以后会娶一个别的姑娘，而她，则会继续像阳光一样明媚地活着……

可是，古丽现在明白，结果要提前到来了——她必须让张玉才对青青有所反应。这事情虽不是她的乐趣和愿望，但她怎么能不帮青青一把呢？她和她可是一家人，都是陈寅冬的家里人呢。

张玉才对古丽的话表示了巨大的诧异，乃至愤怒。他看着古丽的唇，像是头一次注意到她有两片这样的唇似的，她的唇，竟然也能说出违心的话？这还是他天天陪着走的那个古丽吗？百无禁忌、由着自己性子的？

她的唇说：你该成个家了吧！先成家后立业嘛，成了家再好好把会计工作做好。

接着说：我替你说个姑娘，保证是最适合你的。因为我最了解你，也了解她。她一定会是世上对你最好的人。

又说：你可能见过她的。就在红嫂家，她女儿。也是……我女儿。你要相信我，我帮你看的，肯定没错。我不会害青青，更不会害你。

还说：你不要不好意思。这种事情，男的总归要主动一点对不对。我帮你，你写张字条，或者说个口信，我一定帮你好好带到，约她出来，你们见面。

张玉才把目光移开，他不能不感受到古丽的心肠，那种像天一样大的善，以及不假思索的傻，这其实还是率性了——所以，这还是他的古丽，那两片唇还是她的唇。他的心一开始还气得发红呢，这会却软下来了，疼起来了，都不能碰呢。

青青，自己应当是见过的，但模样记不清了，这说明她长得可能很普通，并且相当内向。不，也不是说他张玉才就一定要将来的新娘能像古丽这样，但是，他，怎么能平白无故地就去约一个几乎还是陌生的姑娘？

但是，这是古丽对他的要求，是古丽的决定，是古丽的性情所在，也是古丽对他的情谊所在，她把他都当成自己的人了，她能做到的，她想他一定也会做到——对某事的放弃。对某人的慈悲。这是她代表他们二人所做的决定。

张玉才看着古丽的眼，他点点头：那我听你的。

然后，他就哭起来，很失体面、很没出息了，往日的镇定与自信一下子没了。他把手紧紧地缩在口袋里，防止自己一下子失控了，会走上前搂住心爱的古丽。

四

现在，红嫂是完全闲下来了，从来没有过的闲。这一闲，日头似乎就显得无限的长了。家里面的那种空空荡荡，都能听见灰尘在往下落了。红嫂坐着，几乎要瞌睡了，却又不敢睡，生怕夜里睡不着。现在，她经常就在夜里突然醒了，特别是凌晨四五点的样子，醒了便只好想东想西，想从前的许多事情，想得心里空落落的，什么事情都不踏实似的。

是因为青青吗？要说起来，红嫂倒是家里最后一个注意到青青的消瘦的，像张薄薄的纸片，总待在屋里不出来。注意到之后，红嫂却又连忙装作毫不在意。

自然，红嫂并不知道这里面有张玉才的缘故，但她自有她的逻辑——毫无疑问，女大当嫁，女孩子家十六岁就可以说合婚事了，而青青，眼看着就二十出头了，可到现在，连个上门提亲的都还没有，这在东坝，已算有些迟疑和困难了……

这镇上，男女的姻缘还是要靠媒婆来牵线搭桥的，而那媒婆，也像生意人似的，自然也要找出色些的男男女女，一来路子轻巧，二来容易成交，说出来更加响当些。而从一个媒婆的专业角度看来，青青这样的条件可能是有些尴尬的吧：模样长得平常，父亲亡故，家中人丁又多，关系可疑，唯一的男丁只是个才八岁的孩子……不过，红嫂几乎是骄傲地微微笑起来，不过，她们知道她红嫂有一笔款子吗？那要是拿出来，都能吓她们一大跳！吓完了之后，她们准会一个接一个地上门来，给青青说合这镇上最有出息的小伙子。

是呀，红嫂曾经跟自己说过，不到万不得已，她决不动那笔钱，只是，不知道，青青的这事，算不算是万不得已呢？再说，陈寅冬当初的意思又是如何，这笔钱，红嫂要是拿出来用作青青的嫁妆，对古丽和达吾提来说就太不过意了，看看，达吾提，才那么小，保不定以后会有什么吃紧的事急着要花钱呢。

红嫂想了一会儿，没个头绪，浑身却开始躁动起来，头皮痒，后背痒，胳肢窝痒，脚趾也痒，毕竟一个冬天都没有洗澡了。看看日头还早，红嫂决定洗把澡。她到灶间烧了满满四瓶开水，又把房间的厚帘子放下，她这里开始洗了，又叮嘱青青继续在厨房烧水。

氤氲的热气顺着木桶的边缘升上来，红嫂脱了衣服，坐了进去。这还是今春的第一把澡呢。红嫂往身上撩了些热水，她低下头看看自己的身子，有些陌生似的，这是从没人细看过的身体，就是陈寅冬，每年他回来，总是冬季，他只在被窝中默默地摸索……也许，这木桶，这热气，便已是红嫂最亲密的抚摸了，她这辈子，不会再有别的了……

而古丽，她倒是未必的，她的身体，或许还会遇上新的目光吧……

这段时间，红嫂注意到张玉才跟古丽的交往，自然，他们并没有什么。但红嫂能够看出古丽从中得到的愉悦，这也许是到目前为止，她在这个小镇上所能得到的最大乐趣吧，她的生活里，如果没有一个相当的异性，那也是太不公平了……

镇上有一些人也注意到了古丽与张玉才，他们看了一会儿热闹，对古丽的大胆感到瞠目结舌，不可思议。这样看了一阵，又有些不安了，觉得如果再看下去就对不起道德良心了。于是，他们做出串门的样子，来到红嫂这里，寒暄几句，接着直奔主题，有些不好意思般地，提起古丽跟张玉才的事：张玉才还是个小伙子，他不懂事也就罢了，可古丽！陈寅冬死了，您这里好心收留下她，她怎么能这样？她这个样子，别人不好说，你红嫂可是要出来讲一讲的，要按老理儿说，她算是小的，是偏房，您是大娘，该服你管的……

红嫂带着些笑，点着头听他们说完，再寒暄几句别的，最后客客气气地送了他们出门。然后，她便把他们的话给忘了。

在这件事上，红嫂打算好了，主意定了，她永远都不会讲古丽半句……没有人会相信，她其实是希望古丽这样的，她在暗中瞧着，高兴着，并朦胧地分享到一些新鲜的气息……古丽是红嫂不可能的生活，是她下辈子的理想，一个人为什么要阻止她下辈子的理想呢？

快要洗完了，红嫂才马马虎虎地洗起了她的胸部。对胸部及私处，她总是有着很强的羞耻感，几乎不喜正视。这会儿，她偶然地低下头，吃惊起来——明显地，她的胸部比从前大了许多……而实际上，自从生下青青，她这里便基本是软塌塌的了……红嫂涨红着脸，骂起自己，这种岁数，这里怎么就能大了呢……一边勉强地隔着毛巾摸摸，哎呀，竟摸到些硬硬的肿块，像是没烧烂的肉坨坨似的，怪不得，这些日子总感到胸前有些坠坠的胀，总以为是冬天衣服穿得多，她又往胳肢窝方向移了移，真是蹊跷，连腋下都有块块肉了，而且还疼起来……红嫂感到一阵恶心，对反常肉体的恶心……当然，还有淡淡的疑惑，这难道也算是病吗？要瞧医生吗？要撩起衣服给别人瞧？

咳，哪能做那种事呢！红嫂飞快地想了一下，立即把这想法给拍死了。同时很快地开始擦干身子，她不想在这方面再做任何的纠缠，一个五十多岁的老寡妇了，竟还要为了胸脯里多了些块块肉而大惊小怪，那不要把全镇的人都要笑话死了，她以后还要不要出门了？反正，平常要是不碰到，也并不感觉怎样的疼痛，而一个正经女人，哪里会想到碰这种地方呢？

青青隔着门问还要不要烧水，红嫂也就一下子忘了她的胸部了，坚决而彻底地忘了。是呀，青青，她现在应该集中精力去想的是青青。她回到洗澡之前的思路上，为了青青的终身大事：是否，该把那笔钱跟古丽说出来？看她能不能同意，先让青青占个肥嫁妆的好听名声……

青青在厨房烧水。对着灶里熊熊的火焰，她发起了呆。从昨天晚上到现在，不论看见什么，她都会发呆。

就在昨天晚上，她刚刚把达吾提放到床上，替孩子整理好被角，正准备下床，古丽突然进来了。青青正准备张口，她嘘的一声，把食指放到了唇边，似乎不想让红嫂听到她将要说的什么。她手上的戒指在夜色中一闪，带着不可思议的迷人。

青青，有小伙子喜欢上你啦！你猜猜是谁？古丽压低嗓子，神秘地凑近青青，她的夸张像热气一样地朝着青青的脸颊扑来。她为什么这么激动？青青回头看看达吾提：他今天怎么真的睡着了？要不然，他也许可以嗅出，古丽的这股热气，是否意味着别的什么。

…………

你猜不出？不敢猜？古丽咻咻地喘起气，显得有些焦急起来。

…………

张。玉。才。他。喜。欢。你。古丽一字一顿的，并把青青的脸扳过来一点，使她正对着门缝里透过来的灯光。古丽想看到青青对"张玉才"名字的反应。

青青却垂下眼去，像一个人拉上了窗帘。在这短短的几个月里，青青的身子是单薄了，心却丰厚起来。就在听到"张玉才"名字的一瞬间，她就宛若天助地得出一个判断：古丽说的不是实话。

真的。这种事怎么可能骗你。就在今天下午，张玉才，他，托我捎口信给你，约你出去。古丽开始加重分量，她误读了青青拉下的眼帘，以为那仅仅是少女的害羞。

…………

你不信？傻姑娘，你想想，要不是因为你，这么些天，他怎么会一直盯着我呢！我都跟过陈寅冬了，我都是达吾提的妈妈了，你说，他没事跟着我干什么呢？他呀，花着心思呢，就是想从我这儿打听打听你的情况，问问你平常都喜欢吃什么，什么时辰起来，晚上睡得好不好，喜欢什么样儿的人。

古丽沉浸在一种自我牺牲的情境中，以至出口成章地进行了突发奇想的虚构。她把张玉才问过她的那些话统统回忆起来，并一股脑儿换到青青身上。甚至，像生怕青青不乐意似的，她还煞有介事地夸起张玉才来。

要我说，青青，找对象也不要太挑。要说这个小伙子呢，还真是要长相有长相，要工作有工作，要人品有人品，绝对是这镇上数一数二的，你跟他呀，我看挺般配……

你们哪，先到裁缝店后面的固桥那里见个面，边走边说说话，你要觉得还行呢，人家张玉才可就要正儿八经地托了媒上门了……

这种牵线搭桥的话，一旦起了头，往下说起来就有些滔滔不绝了，夜色之中，古丽的眼睛闪烁起光芒，她几乎说服了她自己，她几乎相信她说的就是真的。

青青终于抬起眼睛，看着古丽，专注而冷静，后者因此不安地停下叙述。

你对我实在太好了……青青有些慢吞吞地说。

没什么，也是受人之托嘛。也是顺水人情嘛。青青神色中的黯然让古丽感觉到了什么，她突然感到一阵气短和懊恼，她想她刚才也许说得有些过了。有些时候，就是这样，用力不当，用力过猛，都会中途坏事。那头，好不容易才说服了张玉才，总不能在青青这头给断了吧。这一想，古丽更加急了，却不得不忍着性子欲扬先抑，把方才的热烈猛地削去一半。

当然了，青青，这终身大事，主要还是看你自己。所以你看，我特地先跟你悄悄儿地说，还瞒着红嫂呢，你这两天好好想想。想定了，把回话给我，我再帮你捎给他，好不好？

然后古丽就急急忙忙地出去了。她不想让青青现在就把话给说死了。她相信青青只要睡一个晚上，只要做一个短短的梦，只要稍微想一下张玉才的背影和走路的样子，她就会克服害羞与不自信，她就会鼓起勇气来，吞吞吐吐地找到自己，答应那个在裁缝店后固桥边上的约会。

当晚的青青没有梦到张玉才，因为她根本没有真正睡着。从夜里到白天，她一直都在紧张而低效地思考：那个固桥边的约会，去，还是不去？

古丽所说的一切，她知道，是不真实的，这一定是古丽，为了帮助（同情？）自己，而硬生生地把张玉才给拉过来的。可是，情感怎么就打不过理智呢？青青同时又在想：万一，万一！古丽说的就是真的！那人就是真的喜欢上自己呢……而且，就算真的假的都不管，为什么自己就不能跑去跟张玉才见上一面呢！只要跟他一起站上那么一小会儿，看看固河里的水草，看看他的鞋子和裤脚，哪怕一句话不说，那不就够了吗，这辈子难道还指望别的什么吗?

青青默不作声地坐在厨房,一动不动,只看着灶膛里的火,左摇右摆,忽上忽下,她想,那火里烧的哪里是柴?分别就是自己的心了。

忽然,外面传来达吾提的脚步声,青青微笑起来,想到一个好办法,她的心终于可以不必再这样被焚烧下去了。

青青几乎是轻松地站起来,问东厢房里正在洗澡的红嫂:还要再加烧一锅水吗?

达吾提蹲在院子的墙角下。院子外各色各样的气味儿像一大群顽皮的伙伴似的,在竭力地呼唤他引诱他,可是没办法,他没法出门。他真的没法再忍受外面的阳光了。

不过才是暮春,阳光为什么就这样刺眼呢,像嗡嗡叫的蜜蜂似的,像浓得让人头晕的油菜花似的。达吾提蹲在墙脚下,他小小的身子蜷成了一个拳头。他紧闭起眼睛,并用手掌遮住阳光,这样,他才稍微感到舒服一些。

达吾提一直在想着,他得跟谁说说他的眼睛。他的眼睛,让他很吃力。白天,远的东西他压根看不见,近的东西又总是模糊的。而过分强烈的光线,都会让他的眼睛不由自主地发痛,像有针在刺,他揉一揉,眼泪就成串地掉下来,但达吾提知道:他是个男子汉,这不是在哭。而到了晚上,情况就更为奇特了,所有发亮的东西,油灯,瓷碗的边缘,古丽的耳环,青青眼里的水,这些亮闪闪的东西就全都被放大成一团团的光晕,到处朦朦胧胧、影影绰绰……

好在,他有鼻子,他的鼻子就是他的眼睛,红嫂给他端热汤了，青青给他穿衣服了，路上有小狗来了，前面有条木桥了，旁边来了辆自行车了，他的鼻子都会提前告诉他……

但是，但是，达吾提真的很想找个人说说他的眼睛，他感到他快要失去它们了。可是跟谁说呢？红嫂，不。青青，不能。古丽，更不能——在达吾提看来，家里那三个女人，某些地方，总让他觉得可怜，是不能依靠的，他不能把他的问题再加给她们……

因此，当青青向达吾提提出一个请求——代替她到固桥边去跟张玉才见面——达吾提几乎要跳起来了，是呀，怎么没想到，其实可以跟一个外人说说，说说他的眼睛。

达吾提答应下来，同时，他嗅出青青嘴中的腥气，根据他的经验，这种气味儿往往源自那样一些人：情绪紧张或者身体不够舒服。

去见他……嗯，做什么呢？达吾提问，事实上他愿意帮青青做任何事，以报答她每天晚上抱他上床、帮他掖被子。

不做什么……我想，就是见一面，跟他站一会儿。反正，你只管去就行了，千万不要乱说话……青青沉吟着胡乱地答道。显然，她仅仅想到了第一步，事情的下一步她胸中无数，也无能为力。再说，一个八岁的孩子，她能指望什么呢。

奇怪的是，达吾提发现，当妈妈古丽发现是自己代替青青去见张玉才时，她突然显得很失措，一会儿钻到青青的房间嘀咕，几乎在哀求着什么，一会儿又脸色不定地跑出来发愣。看到事情的无可挽回，终于有些怒气冲冲的样子：你这孩子，真不懂事，怎么就当真要去了呢？你这回是给青青帮倒忙了！同时，达吾提闻到：妈妈的嘴巴同样带着焦灼的腥气。

她们都在为着什么而如此异常呢。

达吾提带着两个女人的不安赴约了。

固桥下面的河就叫作固河，河水看上去并不那么清澈，这是下游，穿过整个小镇之后，在这里，河面聚集着菜帮子、竹竿、木片以及一些泡沫。河水并不深，但仍然拍打着桥墩，有哗哗的声音，并散发出混浊的气味儿。

固桥上的两个人，都还没有说话。

达吾提脸俯向河面，像一个小酒鬼似的，深深地嗅着发酵的河水。而张玉才，则跟他相反，他把脸冲着街面，路上基本没人。固桥这里，其实是很适合男女第一次私下约会的——古丽所选的地点倒是很不错的。

想到古丽，又看看旁边的达吾提。张玉才感到了一丝惆怅，其中又夹杂着庆幸与疑惑。无疑，那个叫青青的女孩子是不来了。从表面上看，他是被拒绝了。不过，对这结果，他感到亲切，并隐约体味到那个姑娘的聪明与骄傲，她是个好姑娘，他钦佩她，不过，这跟其他情感没什么关系。

张玉才现在搞不懂的是：面前这个男孩子，古丽的儿子，他到底是谁的使者？

张玉才犹豫着，决定还是先等这个孩子开口。

其实，我看不清你长什么样。所以，我也不知道她们到底喜欢你什么。达吾提突然回过头说。

你说什么？张玉才往前走了一步，这孩子的口音跟古丽一样，带着异乡的底子。她们？

达吾提答非所问：不仅是你，我现在谁都看不清啦。我眼睛坏了。现在我只能看见一点点光了……达吾提说着又把头冲向河面了，好像他是在跟河里的那些脏东西说话似的。看样子他今天只想跟人谈谈他的眼睛。

张玉才听出孩子声音中的痛苦。这痛苦真实、细小，富有感染力。于是他把他的疑惑丢到一边。你……是说，你眼睛不舒服了？那，跟她们说了没有？

这是治不好的。我从小就不好，她们都没发现。我甚至可以继续这样睁大眼睛装下去，只要我有鼻子，她们可能永远都发现不了……

你还小呢！哪里就治不好了！我估计是近视吧，一种假性近视，可以治的……张玉才想起他仅有的一点关于眼睛的常识。

达吾提似乎根本就不听张玉才的话，他只是需要说。跟一个人说出来。

……从前，在工程队，那是我从小长大的地方，我们小孩玩游戏，把布条往脸上一蒙，不管是比赛摸人，还是摸东西，我总是最快、最准……从小到大，那是我最喜欢的游戏了……到了这镇上，一开始我还有些害怕呢，什么都看不清楚，但没关系，幸好我有个好鼻子，那就行了……我花了两个月的时间跟着青青，走遍这里的每个地方，我用鼻子记下每个路口的味道，这样，以后我就会认路了，你知道吗？我从不会迷路，这点，我妈妈不如我……

达吾提对着河水，在谈论他眼睛与鼻子的过程中，他提到了青青，又提到古丽。每说到一个，都会让张玉才有点分神，他想，也许接下来这孩子就会谈谈她们当中的一个，这样，他或许就能听出：古丽所操纵的这次约会，真正的背景到底是什么？当然，这并不重要，只是，作为一个年轻的男子，他在情感深处有一点点虚荣。

可是，达吾提不说，眼睛的伤痛使他淡忘了他的角色，他完全忘了他所肩负的重托，忘了在他出门之前，青青左一遍右一遍帮他梳头、整理衣服，而古丽，则在一边焦躁地转着，欲言又止……等他一切准备停当，准备走出院子，青青终于飞快地在他耳边轻轻地说了一句：记着帮我拉拉他的手。

可怜的小达吾提，他都忘了拉张玉才的手了，倒是张玉才，慢慢地蹲下来，捧起达吾提的小脸，看他脸上凹进去的眼睛，湿漉漉的，像清晨起了大雾的水面——多像古丽的眼睛啊，只是，他从来没有机会这么近地靠近古丽的眼睛……达吾提也在看着他，两个人对视着，固河的水在旁边哗哗流着。

达吾提突然笑起来，慢慢闭上眼睛，皱起鼻子：你瞧，这么近，我都没法看清你，不过，我现在知道她们为什么喜欢你了……你闻起来就像秋天的麦草垛，干干的，厚厚的，很暖和……

听着孩子突如其来、莫名其妙的比喻，张玉才不知为什么特别难过起来，可能他还没有习惯达吾提的这种表达方式，也可能是他想到了别的什么，总之，他突然把达吾提搂到怀里，把他像麦草垛一样干燥火热的嘴唇贴到达吾提的眼睛上，这双跟古丽一模一样的眼睛。

半个小时之后，当达吾提回到家中，当青青悄悄拉起他的小手准备放到嘴上时，达吾提却抽出手来，把自己的眼睛送上去：对不起，我忘了拉他的手了，不过，他亲过我这里。

于是，青青冰凉的唇像张玉才一样再次贴到达吾提的眼睛上。这两个吻哪，这么相像，这么接近，却又如此遥远，相隔万里。他和她都没有吻到他们的心上人，永远吻不到。只有达吾提，他感觉到那极为陌生的颤抖，像火与冰在瞬间的拥抱，这是他无法记忆和保存的气味儿。

张玉才还想再见古丽一次，跟她说说达吾提的眼睛。可是，他发现要见上古丽一面现在有些难了。

她不再出现在裁缝店一带，不再出现在他们从前有过默契的任何地点，显然，她在有意地躲避他。有时，在一个巷子里，他走进去，恰好看见古丽挑着吃食担子的身影，他加快步子走上前，古丽却更加快速地往前走，因为挑着担子，她有些吃力，但仍不肯放弃，鞋子危险地拍打着石板路面。张玉才只得停下来，他害怕古丽跌倒。

张玉才不知道，古丽把上次那个约会的失败归罪于己。为了给自己一个惩罚，古丽决定：不再见张玉才，永远告别跟张玉才在一起的那种快乐与放松。这其中，有对青青心思的难以理解，也有对张玉才不够热络的失望，更有对自己的怨恨与自责。她想：如果没有她古丽，如果她从头到尾都没跟张玉才说过话、走过路、谈过心，说不定，那张玉才，就会顺利地喜欢上青青，他们会按部就班地请媒、相亲、订婚……是她毁了青青可能的美满婚姻。

张玉才决定停止对古丽的追寻——真要追到她，哪里会难？这个小镇，她怎么也不会熟过他的。但是，张玉才停下了，他想，或许他该遂了古丽的愿，不再见面。

——在骨子里，张玉才其实还是悲观的，从迷上古丽的第一天起，他就在等这个结果，只不过，这结果来得早了些、突然了些。从热络到分手，这里面的必然性，不是情感浓度的问题，不是忠贞与否的问题，而是这小镇的道德，是这小镇的风尚。他，张玉才，二十三了，从现在开始，他得正经准备他的婚姻了。此前的一切，在人们的眼里，都算是花絮与练习，是不作数的，是可以原谅同时也是要被故意忽略的……张玉才本非纵情之人，他并不想去突破和违背这些，他只是希望，能够再跟古丽说几句，他想告诉她，这些天，他跟她一起走过的那些路，他会一直记得，记一辈子……当然，还有达吾提的眼睛。

张玉才只得去找红嫂了。

这是他第二次到红嫂的家。上一次，是第一次结识古丽的那天，也是看到青青的那天。张玉才感到这次上门是有些尴尬的，这个时机也是非常不当的。但他还是逼着自己敲起了门。他一定得让大家一起来替达吾提的眼睛想办法。

红嫂正坐在厅堂里拣红豆，看见张玉才，她想站起来，不知为何，她僵在那里，整个人都不能动弹的样子。于是她大声喊起来：青青，来扶我一下。

青青出来了。她扶起红嫂。自然，她看见了张玉才，但她就有这个本事，脸都没红一下，眼皮都没抬一下，像是根本没有这个人似的，像是根本没看见一样，又进了里屋。倒是张玉才，脸皮明显地红了，像是心虚起来。

红嫂身子是有些不便，眼睛却还是灵的。青青，可从来没有这么无礼过呀！她在心里拍着大腿恍然大悟，原来青青还有这番心思。只是，唉，红嫂看看张玉才俊俏而坦荡的眉眼，想起了古丽，她在心里叹口气，风月之事，她虽不精，但这样一个青年，结识过古丽之后，要让他再跟青青好上，是有些难了，就是有那笔钱拿出来做嫁妆，都是不妥当、不厚道的，都是要委屈人的，既委屈青青，也委屈这小青年。

红嫂正在心里徘徊着，张玉才急急忙忙地开了口：红嫂，跟您说个事，达吾提，他眼睛得病了，怕是很严重呢。我昨天问过我一个城里的亲戚了，他这种情况，像是弱视，虽然现在有些迟了，但也不是没得治，不过要抓紧，要到城里去开刀矫正……我……因为见不到古丽，所以就来找您了……

我说呢……这孩子，不论什么东西，都不是用眼睛看，却是用鼻子在闻……红嫂喃喃自语。她现在觉得她胸脯那里是一点不痛了，或者说，这痛，跟达吾提的眼睛比，算什么呀，达吾提，才八岁呢，又是个男孩子，是陈寅冬血脉里唯一留下的苗苗了……

你问过了，开了刀，还能有治？红嫂现在只担心那笔钱够不够用了，以前总觉得那钱是永远也花不完的，现在倒担心了，眼睛呢，那肯定是要花大价钱的。

有治，肯定有治。张玉才斩钉截铁地说。其实他也并没有那么大的把握，但他愿意给人以好的念想。再说，他看到，青青忽然从门里冲出来，眼睛里一下涨满沉甸甸的泪珠，那样急迫而信赖地看着他……

现在，红嫂甚至连转身都有些困难了。特别是左边半个，那种钝钝的疼，带着无限的重量似的，拉着她的胳膊，她的后背，她的腰。她从凳子上站起，她挂个篮子，她铺床被子，都是一次比一次更艰难的挣扎，她终于不得不呻吟起来。

达吾提站在红嫂的身后，红嫂走到哪儿，他就跟到哪儿。终于，他把古丽和青青都拖到红嫂跟前，他声音有些发尖：红嫂病了，很重。真的，我闻到她身上病的味儿了。

达吾提的样子还跟从前一样，他以为他还装得像一个健康的人，像那许多有着明亮双眼的孩子。他看不见青青在他的后面掉眼泪，看不见古丽像桃子一样肿起来的眼。当然，他曾经闻到过空气中泪水的味道，但他像大人一样不以为然地摇了摇头，以为那是女人们又为了张玉才在烦恼……

家里人不跟达吾提谈论他的眼睛，好像那只是他的一个小秘密似的。而现在，在达吾提的秘密边上，又长出了红嫂的另一个秘密，像并蒂莲似的，雪白雪白，从黑亮的污泥中生长起来。

保密。你们谁也不准往外说。这是丑事，一说出去，就等于脱光我的衣服……古丽，你知道的，我们家青青还没办事呢，咱们达吾提还小呢，别让这种事在外面传来传去的……记住，不要找医生瞧，不要搭理别人的问长问短……你们就让我慢慢地这样病着好了，到最后，该怎么样就怎么样，我不会怕的……红嫂以一个别扭的姿势坐在床边，她逐个地把家里人一个个地看过去，寻找她们眼中的承诺。

古丽让青青带着达吾提离开。她关上门，拉上厚窗帘子，她含泪解开红嫂的衣衫，她要看看并且摸摸红嫂……一个老年妇人的身体，松弛而迟钝……但在胸部，那女人身上本该最柔软的地方，却古怪地坚实起来，一坨一坨的，像打结了，像结冰了……

古丽看看红嫂，脸色突然涨得通红，憋了很久才说出来：红嫂，您还是去看看吧，人都这样了，还留着那钱做什么……您就把那……把陈寅冬的那笔钱拿出来去瞧病！您放心，我跟达吾提保证不会要其中的一分钱，达吾提的眼睛，那是没有救了，他没有眼睛也照样能过活……等您身体瞧好了，我们一起多做些吃食卖，夏天，我还要批发冰棍儿卖，我好好地卖，不再跟任何人在外面瞎逛，我保证一天能卖两天卖三天的钱，咱们几个好好地赚，钱呼呼地不就来了……古丽滴下热泪，像要把红嫂胸前的硬块块给化了似的。

红嫂先是愣住了，愣了好一会儿，上上下下地看了古丽一会儿，然后，快活地张开嘴巴大笑，可是这一笑，她的肋骨又给拽得吃不消了，痛得她泪都涌出来：好个古丽，原来你知道有那笔钱，可你从来没提过，你真是个坏家伙……看你出的什么主意！那钱要用在我身上，就等于是拿钱去打水漂了，你看看我的脸，看看我这身子，再多花一分都是作践呢……不过，好妹妹，有你这句话，我就感到好受多了……哪天你吃食卖得快了，得空了，你就早点回来，我们要好好合计合计，咱们朝着西北方向敬炷香，也远远地跟陈寅冬说说，他那笔钱哪，咱们要用在达吾提身上，带他到城里去开刀，让他的眼睛，比你的还要亮还要好……我们还要用在青青身上，给她置份好嫁妆，让她找个好婆家，要她将来的对象呀，最起码啊，跟张玉才差不多……

她们一齐轻轻地笑起来，像不知名的花，散发出淡而哀伤的香气。

《芳草》2007年第2期

起　舞

迟子建

第一章　老八杂

丢丢的水果铺，是老八杂的一叶肺。而老八杂，却是哈尔滨的一截糜烂的盲肠，不切不行了。

二十世纪初，中东铁路就像一条横跨欧亚大陆的彩虹，把那个"松花江畔三五渔人，舟子萃居一处"的萧瑟寒村照亮了。俄侨大批拥入，商铺一家家地耸起肩膀，哈尔滨开埠了，街市繁荣起来。俄国人不仅带来了西餐和"短袖旗袍、筒式毡帽、平底断腰鞋"的服饰风尚，还将街名赋予了鲜明的俄国色彩，譬如"地包头道街""霍尔瓦特大街""哥萨克街"等等。其中，"八杂市"和"新八杂市"就是其中的街名。"八杂市"，是俄语"集市"的音译，与它沾了边的街，莫不是市井中最喧闹、杂乱之处。一九四九年后，这些老街名就像黑夜尽头的星星一样一颗一颗地消失了，但它们的影响还在，"老八杂"的出现就是一个例证。

老八杂不是街名，而是一处棚户区的名字。这是一带狭长的房屋，有三十多座，住着百余户人家。房子是青砖的平房和二层的木屋，有七八十年的历史。它们倚着南岗的马家沟河，错落着排布开来，远远一望，像是一缕飘拂在暮色中的炊烟。这儿原来叫四辅里，只因它芜杂而喧闹，住的又多是引车卖浆之流，有阅历的人说它像"八杂市"。因有过"八杂市"和"新八杂市"，人们就叫它"老八杂市"。不过缀在后面的"市"字有些拗口，时间久了，它就像蝉身上的壳一样无声无息地蜕去了，演变成为"老八杂"。别看老八杂是暗淡的，破败的，它的背后，却是近二十年城市建设中新起的幢幢高楼。楼体外墙有粉有黄，有红有蓝，好像老八杂背后插着的五彩的翎毛。

老八杂的清晨比别处的来得要早。无论冬夏，凌晨四五点钟，那些卖早点的、扫大街的、开公交车的、卖报的、拾废品的、开烟铺的、修鞋的、打零工的，纷纷从家里出来了。他们穿着粗布衣服，打着哈欠，开始了一天的劳作。到了夜晚，他们会带着一身的汗味，步态疲惫地回家。别看他们辛劳，他们却是快乐的，这从入夜飘荡在老八杂的歌声中可以深切地感悟得到。

做体力活儿的男人，大都喜欢在晚上喝上几口酒。若是住在别处的男人，喝了酒也就闷着头回家了，但住在老八杂的男人却不一样，他们一旦从霓虹闪烁的主街走到这片灯火阑珊处，脚一落到"雨天一街泥、晴天满街土"的老八杂的土地，那份温暖感立刻使他们变得放纵起来，他们会放开歌喉，无所顾忌地唱起来。老八杂的女人，往往从那儿高一阵低一阵的歌声中就能分辨出那是谁家的男人回来了，而提前把门打开。男人酒后的歌，由于脾性的不同，其风貌也是不一样的。修鞋的老李，喜欢底气十足地拖长腔，好像在跟人炫耀他健旺的肺；卖煎饼的吴怀张，爱哼短调；做瓦工的尚活泉，唱上一句就要打上一声口哨，就好像他砌上一块砖必得蘸上一抹水泥一样；开报刊亭的王来贵，对歌词的记忆比旋律要精准，他唱的歌听来就像说快板书了。

老八杂的人清贫而知足地活着，它背后那些高档住宅小区却把它当成了眼皮底下的一个乞丐，怎么看都不顺眼。春天的哈尔滨风沙较大，大风往往把老八杂屋顶老化了的油毛毡和院落中的一些废品刮起，空中飞舞着白色的塑料袋、黑色的油毛毡和土黄色的纸盒，它们就像一条条多嘴的舌头，在喋喋不休地说着什么。树静风止时，它们鼓噪够了，闭了嘴巴，纷纷落入马家沟河中。于是，那些沿河而行的人，就会看见哈尔滨这条几近干涸的内河上，垃圾缓缓地穿城而过，确实大煞风景。

老八杂除了在风天会向城市飘散垃圾，它还会增加空气的污染度。由于这里没有采暖设施，到了冬天，家家户户都要烧煤取暖，烟囱里喷出一团团的煤烟，逢了气压低的日子，这些铅色的烟尘聚集在一起，呛得人直咳嗽，好像盘旋在空中的一群黑压压的乌鸦。还有，由于电线的老化，这里火灾频仍，而老八杂的街巷大都逼仄，消防车出入困难，一旦大火连成一片，后果不堪设想。改造老八杂，势在必行了。

政府经过多次论证，下决心要治理这处城市的病灶了。工程立项后，实力雄厚的龙飘集团取得了对老八杂的开发权。丁香花开的时节，他们就派人来对现有住户的住房面积进行实地测量，并将动迁补贴的标准公示出来。如果不回迁，按照每平方米两千五百元的标准进行补偿；如果回迁，每平方米要交纳四百元的小区"增容费"。这"增容费"包括小区会所、花园、游泳馆及车库等设施所投入的费用。也就是说，将来你若想在老八杂生活，即便是住原有的房屋面积，每户至少也要交纳两到三万元，人们对此牢骚满腹。

卖烧饼的张老汉说："我住旧房子住服帖了，不想挪窝！啊，我进了鸟笼子，被他们给吊在半空了，还得倒贴钱给他们，我疯了？"

开发商设计的住房是沿马家沟河的四幢高楼，波浪形散开，两座三十层高，另两座二十八层高。在高层住宅之间，有三层的会所和两层的游泳馆。其余的地方种花种草，设置健身器材。

尚活泉说："我天天在外出苦力，晚上回家时腿都软了，连爬到老婆身上取乐儿都费劲，那些健身器材，谁用啊！"

王来贵说："这地段的房价如今涨到四千块一个平方了，他们才给我们两千五，这不是打发叫花子吗？四栋高楼，我们老户回迁时住的又都是小间，一百多户连一栋楼都使不了，他们能卖三栋大楼，得赚多少钱哪！名义上是给我们改善条件，其实他们是靠我们的地皮发横财，咱们可不能上当啊。"

人们七嘴八舌地议论着，大都是不想动迁。不想动迁的理由，五花八门。有人嫌住在高楼里不接地气，人会生病；有人嫌自家赖以为生的架子车没处搁，耽误生计；有人嫌晚上归来时不能随心所欲地唱歌了，生活没了滋味；还有人嫌坐电梯头晕，等于天天踩在云彩上，不会再有好胃口了。

动迁通知在六月份就张贴出来了，限老八杂的人在七月底以前，必须迁出。但大家不为所动，一如既往地过着日子。掌鞋的，依然安然坐在街角埋头做着修修补补的活计；做鱼肠粥的，依然用三轮车蹬着满桶香喷喷的粥，正午时到闹市区的写字楼前招揽生意；摊煎饼的，也依然在院子里支着黑铁鏊子，就着微红的炭火，摊起一摞煎饼，拿到夜市去卖。

老八杂的人，但凡遇见难事，都爱凑到丢丢那儿请她拿个主意，虽说她是个女人，却是老八杂人的主心骨。

丢丢四十出头，长脖子，瓜子脸，细眯的小眼睛，喜欢戴耳环和梳发髻。喝松花江水长大的女孩，大都有着高挑的身材，丢丢便是。她有一米七，双腿修长。有的人腿长，但不匀称，可丢丢不是。她的小腿圆润，大腿结实却不乏柔美，似乎你摆到她面前一双舞鞋，她就能踮起脚，轻盈地起舞。丢丢有着男人一样的剑眉，可以看出她性格的凌厉和豪爽；她又有着敦厚的嘴唇，让人能感觉到她为人的厚道。

老八杂那些暗淡破旧的房子，据说是旧哈尔滨的"马市"。那时城市的主要交通工具是马车，夏天是四轮马车，冬季是马拉雪橇，所以经营马匹的人很多，"马市"也就兴起了。那时的"马市"，相当于现在的"车行"吧。"马市"在，就有养马人。有了养马人，就要有娱乐。老八杂现存的半座米黄色的小楼，过去就是舞场，是一个俄国商人开的。它位于老八杂的腹地，主人就是丢丢。

这楼是砖木结构的，二层，一九四九年前的一场火，将房子烧掉一半，所以它是幢残楼。活下来的房屋共有四间，楼下一大一小，大间是当年的舞场，小间是门房。楼上的两间一般大，是卧室。房屋举架高，圆券高窗，对开的包皮门，螺旋式木楼梯。屋檐下有云纹和花纹的浅浮雕，门楣处是锯齿形的木装饰，外墙凹凸有致，有强烈的光影效果。

楼的设计不仅美观，而且实用。楼上有拱形晒台，楼下有壁炉和通向二楼的火墙，上下均有一个小卫生间。最抢眼的，是楼下的三根雕花廊柱，呈品字形。老辈人说，有些舞女跳晕了，喜欢环抱着廊柱，歇上一刻。所以廊柱散发出的那股淡淡的木香气，被人说成是舞女身上遗留下的脂粉气。此外，底层还有一个阴凉的地窖，成了丢丢家天然的大冰箱。

老八杂的人，都叫它"半月楼"。说是这幢米黄色的小楼原本该是老八杂的一轮明月，它失了半面身子，只能是月色微明的半月了。

半月楼前有一片高大的丁香树，春季，暖风裹挟着花香，给老八杂的人带来蜜月般的气息。被大火缭绕过的那面黑黢黢的山墙下种了藤萝，褐色的茎儿背负着纷披的绿叶，爬了满墙，生机遮掩了伤痕。

半月楼的老主人，是齐如云。二十世纪五十年代，她是哈尔滨一家劳保用品厂的工人，专事缝纫，做工作服、套袖、护膝、手套、鞋垫等。齐如云不漂亮，但她肤色白皙，身材俊美。好的肤色和身材，天生就是女人的一双"招风耳"，她也因此比那些面容姣好的女人要引人注目和耐人寻味。

二十世纪五十年代中期，苏联专家陆续来到哈尔滨，进行十三个重点工程的援建。譬如哈尔滨汽轮机厂、东北轻合金厂、哈尔滨锅炉厂、哈尔滨量具刃具厂等。那时候的报纸和电台，常有关于苏联专家的介绍和报道。齐如云在工歇时，喜欢到单位的阅览室看报。每每看到苏联专家的照片，她会慨叹着对同事说："他们长得可真英俊哪！"所以当一九五六年的夏季，单位通知她去参加一个与苏联专家联欢的舞会，齐如云激动极了。齐如云是厂里的文艺骨干，她的舞跳得特别好。那天她穿着一条蛋青色的连衣裙，梳着两条油光光的大辫子，是舞池中最美的一只蝴蝶。

那次舞会归来，单位的女工都很羡慕地围在齐如云身边，问她舞会去了多少人，舞池多大，灯是什么颜色的，哪个苏联专家最好看，齐如云似乎有些失落，她淡淡地说一共有二十几个苏联专家，个个都是大个子，高鼻梁，分不清张三李四。舞池有篮球场那么大。最讨厌的是灯，中央的水晶吊灯没有开，只亮着几盏壁灯，比蜡烛的光还微弱，没魂儿似的。而且，跳到最后，停了二十分钟电，舞场黑漆漆的，可她们这些舞伴，还得被人牵着手跳舞。

那年夏末，齐如云突然结婚了，嫁给了肉联厂的灌肠工李文江。不过他们的婚姻只维系了两年，齐如云在一九五七年丁香花开的时节，生下一个男孩。这男孩虽然是黑眼珠，但眼凹着，而且黄头发，白皮肤，高鼻梁，把李文江气疯了。他受不了这侮辱，揪着齐如云的辫子，审她这小妖怪是谁的。他发誓要用菜刀剁碎那匹撒种的"大洋马"，把他灌进香肠，熏好了下酒，然后再休了齐如云，用水盆浸死那个小东西！可齐如云对孩子的来历守口如瓶。李文江便告到齐如云的厂子里，说是八国联军都滚蛋了，自己生活在新社会，却做了洋人的王八，咽不下这口气，请组织帮助他找到元凶！

齐如云坐满月子，刚一上班，等待她的是领导的谈话和女工们不屑的目光。对组织的谈话，她提交了一份书面材料，说是有一天下夜班回家，路灯熄灭了，她走到一处僻静的街角，突然闪出一个黑影，把她给强奸了。由于天黑，她根本没有看清那个男人的脸。李文江得到这个答复后，变本加厉地折磨齐如云，让她站着吃饭，坐着睡觉，不能喝开水，不能用温水洗脚。他一天到晚地吼："我就不相信，谁搞了你，你会不知道！撒谎，撒谎啊。洋人身上有膻味，这样的公羊爬到你身上，你还闻不出来？"

在厂里，齐如云依然气定神闲地坐在缝纫机前，不惧女工们投向她的冰冷的目光，安心做着活计。怕李文江真的会对孩子下手，她把他送到了双城的亲戚家。刚开始的时候，她给孩子报户口时填的名字是"李宽"，被李文江知道了，他拎着户口簿，冲到派出所，骂户籍警："一个小洋鬼子，他凭什么随我的姓啊！你们这帮卖国奴！"没办法，齐如云只得让孩子随自己姓，给他起名"齐耶夫"。李文江依据"耶夫"二字，判定孩子的生身之父是苏联人。他说："原来是个老毛子搞了你，养活了个二毛子！"

李文江磨刀霍霍，费尽心机地在哈尔滨寻找名字中有"耶夫"字样的苏联人。就在此时，他听说了齐如云与援建的苏联专家跳舞的事情，便缩小了包围圈，泡了两天图书馆，在旧报纸中搜寻专家的名字，结果令他大失所望。就他所查到的，名字中带"夫"字的倒不少，但不是"诺夫""托夫"，就是"佐夫""可夫"，没有一个"耶夫"。这就好像是撒了一片大网，打上来的鱼没一条是自己想要的，让他懊恼。他再次去找齐如云单位的领导，说是他知道内情了，齐如云是在舞场被人糟蹋的，既然是组织上派她去跳舞的，他们就应该对她的安全负责。如果他们不揪出那个混在中国良家妇女中的色狼，他将采取报复行动，自制炸药，炸毁苏联专家楼，让那些高鼻子的老毛子统统见鬼去。劳保用品厂的领导并不相信齐如云提供的材料，他们也猜测齐耶夫来自那场舞会。可是这事情是在什么情境发生的，却让他们百思不得其解。他们原本心虚，李文江又步步紧逼，这让他们很头痛，怕鲁莽的李文江把事情闹大，影响了中苏友好关系，那他们就是历史的罪人了。正一筹莫展时，李文江的老母亲被儿媳妇的事气得生病住院，这等于是救了他们的驾。李文江是个孝子，他开始天天跑医院，报仇的欲望随之冲淡。之后，齐如云适时提出离婚，他也就答应了。离婚之后，李文江很快又找了一个在皮革厂工作的姑娘，她虽然麻脸，但转年为李文江生下了一个男孩，那孩子谁见谁都说是跟李文江一个模子扣出来的，一样的团脸、浅眉、蒜头鼻子、鼓额头、厚眼皮、翘唇，李文江觉得自己先前是一个半残的铜镜，如今另一半失而复得，完美无缺了，如得宝物，喜不自禁，早把齐如云的事忘到九霄云外了。

齐耶夫上小学时，中苏关系恶化，苏联将专家撤回，那些重点工程的建设陷入危机。齐如云那时住在工厂家属楼里，有一天，领导找她谈话，说是要给她调换一套住房，让她搬到四辅里的一座俄式小楼。原来住在里面的是厂子的工会主席一家，中苏关系破裂后，他说身为工人阶级的代表，不能住在敌人的堡垒中，一定要举家搬出。领导便想到了齐如云，觉得她和齐耶夫住在里面恰如其分。但她级别低，不能只住她一家，厂子便把新婚女工汪小美也派了进去。

汪小美选择住楼上，这样，齐如云带着齐耶夫住楼下。

工会主席住在小楼时，把一楼的壁炉堵死，改造了烟道，另盘了火炉，这样既可烧煤取暖，又可以借着炉火烧水做饭。可齐如云入住后，请了个泥瓦工，将火炉撤掉，恢复了壁炉。壁炉不宜烧煤，齐如云就得自备柴草。那个壁炉说也奇怪，哪怕是寒风肆虐的三九天，只点上一把火，玻璃窗上的霜花就融化了，再烧一把火，屋子里就热气撩人了。齐如云储备的柴草，除了少许的木桦子，就是秋天时她从郊区农民那里买来的几马车玉米秸秆，大垛大垛地堆在门外。玉米秸秆燃烧得快，散热也快，齐如云会握着一杯茶，坐在壁炉前，一边续火，一边喝茶。屋子里洋溢着秸秆燃烧时散发的甜香气，齐耶夫在一旁快乐地玩耍。汪小美的丈夫每每看到这样的情景，都要跟妻子慨叹："这女人也真不是一般人，领着个二毛子，过得还那么快乐！"汪小美说："坏女人哪有不快乐的！"齐如云在地窖里储藏了土豆和大白菜，那个地窖真是神奇，冬天时菜不会冻，开春时，土豆不会生芽，白菜也不会烂帮，跟放进去时一样新鲜。齐如云让汪小美把越冬蔬菜也放进地窖，但汪小美拒绝了。她想，地窖在你的居室，万一我男人下窖取菜，不是正中你下怀吗？所以，汪小美在这里只住了三年，当她生了孩子后，就跟单位提出申请，另分了一套房子，如愿地搬了出去。以后也有人被安排进来，但与齐如云合住的人总觉得是与敌为邻，快快不快，所以没有住长的。时间久了，这房子就剩下齐如云母子了。

"文革"开始了，齐如云因为齐耶夫来历不明的身世，被区革委会的人给揪斗出来，说她是苏修特务。齐耶夫在学校也受到歧视，同学们用石子砸他，撕烂他的裤裆，让他露羞，还用火柴去燎他的头发，说是要烧掉修正主义的黄毛，齐耶夫吓得不敢上学了。到了此时，齐如云不得不公开了齐耶夫的身世，说这孩子确实来自那场舞会，当时停电了，可是乐队没有停止奏乐，大家仍旧跳着。在黑暗和热烈的乐曲声中，她的舞伴突然把她紧紧抱在怀中，吻她，接着，那件事情就发生了。革委会的人让她交代细节，说，那件事情是怎么发生的？他是把你按倒在地，还是推到一个角落了？齐如云很轻巧地说，是跳舞时发生的。这让所有的人都瞠目结舌，说，跳舞时怎么能做那事？不要蒙骗群众，要老实交代！可齐如云回答的仍然是那句话：跳舞时发生的。革委会的人气得脸都青了，说，齐如云哪，你比旧社会的妓女还有手腕哪，跳舞时竟能干那事，真会卖俏哇！你说说，跳舞时怎么发生的？齐如云便不语了。又问，他对你是强奸，对吧？齐如云坦然地说，他吻我时，我也吻他了，不是强奸。革委会的人痛心疾首地说：齐如云，你丢尽了新中国妇女的脸哪。那个男人是谁，叫什么名字，长得什么样？齐如云说，跟我跳舞的人好几个，舞场里光线暗，我不记得谁是谁，他们长得都差不多。再说发生那事时停电了，我看不见他的脸，来电之前，那人撒开我的手走了。革委会的人说：野蜂采完蜜，有个不飞的吗？！

即便如此，齐如云还是没有被排除苏修特务的嫌疑。而且，她在起舞时怀孕的事情闹得满城风雨，就连李文江都听说了。他给齐如云写了一封信，是一首打油诗：齐如云，大蠢猪，把美腿，填火坑！生个妖怪齐耶夫，没人爱来没人疼！咳，没人疼！

齐如云看了那封信，觉得前夫还是可爱的，她笑了，将它珍藏起来。

齐耶夫辍学一年后又回学校了。公休的时候，齐如云喜欢带着儿子逛街。那时圣尼古拉大教堂，也就是哈尔滨人俗称的"喇嘛台"已经被毁，齐如云怀念这座带着清隽之气的木教堂，怀念那里的壁画。她担心其他教堂也会性命不保，所以常带儿子拜谒教堂，道里的圣索菲亚教堂、圣母报喜教堂，南岗的圣母守护教堂、尼埃拉依基督教堂、天主教堂等，都留下了他们母子的身影。混血的齐耶夫越长越漂亮，他比同龄孩子长得要高，不过他很瘦，而且神色忧郁。高中毕业后，齐耶夫到郊外大集体性质的砖厂干活，每当他周末回家，齐如云见儿子不仅满手的老茧和血泡，而且常常鼻青脸肿的，就明白齐耶夫因为身世的缘故，在外面又挨欺负了。齐如云不能化作齐耶夫身上的一双翅膀，每时每刻护着他，只能暗自垂泪。"文革"结束后，身体虚弱的齐如云病休回家。又过了两年，齐如云所在的厂子落实政策，分给她家一个就业指标，这样，齐耶夫离开砖厂，返城进啤酒厂当上了工人。不过，他每月只能拿回半个月的工资，他常偷啤酒喝，三番五次地挨罚，如果不是碍于他的血统，觉得一个不知生身之父是谁的人身世凄惶，早把他开除了。

齐耶夫到了结婚的年龄，可给他介绍十个对象，有九个总会因为他的血统而吓跑。另一个敢与他相处的，最终也会被他身上的酒味吓跑。这样，齐耶夫在醉生梦死中很快就成了大龄青年。如果不遇见丢丢，齐耶夫会沦落为一个未老先衰的酒鬼。

丢丢比齐耶夫小七岁，认识齐耶夫时，她对男人已经心灰意冷。有一天，她听说了齐如云的故事。这个能在起舞时受孕的女人令她神往。她专程拜访了齐如云，与齐耶夫一见钟情。丢丢嫁过来时，这儿已经叫"老八杂"了。

第二章　水果铺

在丢丢眼里，烟铺、酒铺、调味铺、饭铺、粮油铺、熟食铺、电器修理铺、药铺、理发铺等，都不适宜女人开。这样的铺子气息浊，会把女人的脾性熏染坏了。相反，灯饰铺、裁缝铺、瓷器铺、蔬菜铺、鲜花铺、水果铺却是为女人而生的，能养女人的气。她到老八杂的第二年，刚生下齐小毛，齐如云就去世了。在皇山火葬场第二告别室，丢丢掀开白色的蒙尸布，告别婆婆。

齐如云身上，是她当年跳舞时穿的蛋青色连衣裙，那场舞会之后，她将其收起，藏入箱底。当年溅在裙摆上的那星星点点的处女的血迹，虽然经过了近半个世纪时光的敲击，已经暗淡如一片陈旧的花椒，但它们仍然散发出辛辣的气味，催下了丢丢心底的泪水。那条曾经穿着合体的连衣裙，对踏上归途的齐如云说是太肥大了，齐如云就像一捆套在布袋中的冻僵的葱。丢丢撩起裙摆，最后抚摩了一下婆婆的腿。齐如云在世时，从不在意对脸的保养，对于腿却是百般呵护。她每日要用湿毛巾擦净腿，涂上润肤油。所以她走的时候，双腿还是那么润白，就像两根透明的蜡烛。齐如云就带着这对蜡烛，去另一个世界做晚祷了。

丢丢成了半月楼的新主人后，就把工作辞了，一边在家带孩子，一边开起了水果铺。那个地窖，储存瓜果梨桃比储存蔬菜还要神奇。你秋天时放进去一筐苹果，春天时将其取出，它们的脸依然红扑扑的，汁液饱满。像草莓、香蕉这种难伺候的水果，藏入窖中，一周后，草莓看上去仍旧娇滴滴的，香蕉皮也不会生黑斑，依然如月牙般明媚。

丢丢一家住在楼上，楼下带廊柱的大间被改造成了水果铺。丢丢请了个木匠，在东窗前由南向北做了一个实木水果架：四条粗壮的木方子呈八字形，对称着支撑起一块离地约七十厘米的樟子松木板，有八厘米厚，一米多宽，四米多长。木板没有上色，也没有涂清漆，只是用刨子推得光溜溜的，既透着妖娆的花纹，又透出好闻的木香气。丢丢的水果铺不像别人家的那样，用纸箱来盛水果，很不讲究地一字形排开。她盛水果的容器，都是精心购置的。元宝形和菱形的柠檬色竹筐、椭圆和马蹄形的红柳篮、青花的深口瓷盆、浅口的蛋青色瓷盘，高低错落地摆在水果架上，看似漫不经心，却有着浑然天成的美感。那块木板就好像月亮上的泥土，生长出了带有天堂色泽的水果。你看吧，高处的竹筐里装着苹果、李子和黄杏，低处的瓷盆里盛的是樱桃或草莓。至于那浅口的瓷盘，它通常盛着杨梅或野生的黑加仑。而紫色的葡萄和金黄的香蕉，常常是斜斜地挂在苹果篮或鸭梨篮的一角。葡萄像是篮子垂下的一绺弯曲的刘海，透出俏皮；香蕉则像篮子盘着的金发，一派富贵之气。

丢丢的水果铺从早开到晚，她说水果本来够亮堂的了，所以把铺子的灯调换成一盏低垂的羊皮灯，那朦胧而温柔的光影宛如夕阳，使水果铺在夜晚更加楚楚动人。老八杂的人，没有不喜欢这座水果铺的。茶余饭后，他们聚在一起，东凑一句，西凑一句，为它编了一首歌谣。

正月正，吃苹果，吃了苹果保平安。

二月二，啃鸭梨，啃了鸭梨不咳嗽。

三月三，吃山楂，吃了山楂脾胃开。

四月四，吃香蕉，吃了香蕉心气顺。

五月五，吃草莓，吃了草莓脸儿鲜。

六月六，吃樱桃，吃了樱桃嘴儿艳。

七月七，吃桃子，吃了桃子眉会飞。

八月八，啃西瓜，啃了西瓜好安睡。

九月九，吃葡萄，吃了葡萄不怕黑。

十月十，嚼甘蔗，嚼了甘蔗心儿甜。

十一月十一，吃红枣，吃了红枣话语暖。

十二月十二，吃橘子，吃了橘子不觉寒。

丢丢很喜欢这首歌谣，特意用毛笔小楷，把它抄在一张撒银的宣纸上，贴在壁炉旁的墙上。但凡买水果的人，喜欢凑到它跟前，温柔地看上一眼，就像看老情人一样。有时，他们也会提出修改意见，譬如说"四月四，吃菠萝，吃了菠萝嘴不干""五月五，吃荔枝。吃了荔枝赛神仙""十月十，吃柿子，吃了柿子不觉累"，等等。

丢丢上水果，从来都是自己。她蹬着三轮车，每隔三四天，就会去革新街的水果批发市场，风雨无阻。商贩们没有喜欢要品相不好的水果的，可丢丢却不。烂苹果和烂梨，她用极低的价钱买了后，会用刀削削剜剜，把它们洗净，放进锅中，添上水，兑上蜂蜜，熬成泥，分装在罐头瓶中，用油纸密封起来，藏入窖中。烂水果摇身一变，就成了身价不菲的果酱，老八杂的人没有不喜欢吃丢丢做的果酱的。她既能做苹果酱、梨酱、草莓酱和菠萝酱，也能做樱桃酱和荔枝酱。她在樱桃酱中加了玫瑰花瓣，使其散发出独特的芳香气；在苹果酱中加入了丁香花瓣，让它回味绵长；而在荔枝酱中则加入了枸杞，如同雪里埋藏着红豆，美艳极了。丢丢做的果酱如同好酒，时间越久，滋味越醇厚。老八杂的人过年，喜欢买上几瓶这样的果酱。

丢丢养了一只黑猫，叫"悄悄"。悄悄一只眼蓝，一只眼黄。它不像别的猫爱沾荤腥，悄悄跟丢丢一样喜欢吃水果。你给它一个梨，它用前爪按住，半个小时后，就把它啃光了，连酸酸的梨核都吃了，只剩个火柴杆似的梨把儿。它平素喜欢待在水果架上，好像那是它的家园，要守护着。有一天，眼神不好的秦老汉来给孙子买桃子，看见了五彩斑斓的水果架上的悄悄，就指着它对丢丢说："这世道要变坏了呀，怎么结了这么大个的苴嘟嘟的黑果子？这果子吃了还不得药死个人！"他的话音刚落，悄悄就喵呜喵呜地叫起来，秦老汉大惊失色地说："真是个妖果呀，还能学猫叫！"

要说最不想离开老八杂的，就是丢丢了。她舍不得半月楼，舍不得水果铺，舍不得门前的那些丁香树。能在旧舞场中开水果铺的，全哈尔滨也就她丢丢吧。还有那个地窖，她更是视如宝物，不忍离弃。老八杂的男人，都说这地窖神奇，哪有地窖经过了近百年风雨而不塌陷的？有一些人好奇，就举着蜡烛下到地窖去探个究竟。三伏天，你下到四米多深的窖里，身上的热汗立时就消了，而冬天，你打着寒战下到里面，感受到的却是如春天般的温暖。地窖不是用木头筑的，而是石头砌的，就连梯子，也不是木梯，而是用青石一磴一磴垒起来的。按理说，它靠近马家沟河，到了雨季，地窖应该渗水，可是这窖从来都是干爽的。有一回，生了重感冒的尚活泉没胃口，想吃山楂酱，来丢丢这里买。丢丢举着蜡烛要下窖的时候，尚活泉说他要自己去取。下到窖里，只见烛火一抖一抖的，好像窖里有风，尚活泉连打了几个喷嚏，等他取着果酱上来时，头不昏沉了，烧也退了。他逢人便说："那个地窖比医院好哇，你进去一趟，一分钱不用花，出来时病就好了。"从那以后，男人们赶上个头疼脑热的，就爱跑到丢丢的水果铺，到窖里待上一刻。说也奇怪，几乎所有的男人上来后都说身上舒坦了，于是，他们就说地窖里藏着青龙。丢丢不太相信"青龙"之说，她觉得那里若真有神仙鬼怪的话，其中飘荡着的也一定是舞女的幽魂。因为她每回举着蜡烛下窖时，烛苗都会颤颤跃动，恍如起舞。女人不管是生前还是死后，对男人都是呵护的。

老八杂的人接二连三地来到丢丢的水果铺，问她七月底之前迁不迁出。丢丢说，还有一个月呢，不要急。只要我的房子不动，你们的也就有希望不动。我的房子在中心，要想除了老八杂，得先把它的心给掏出来呀！

丢丢说，现在政府加大了对历史文化遗迹的保护力度，像中央大街两侧的那些老建筑，如今个个都是皇上后宫中的娘娘，谁敢动一手指头哇。你要是在它们身上扒一块砖，卸一扇窗，撬一片瓦，那就是犯法！丢丢说她会整理一份关于半月楼的材料，提交给有关部门，请他们来做评估。如果半月楼留下来了，其他的房屋就是改造的话，要与半月楼的气氛协调，就不能建高层。

老八杂的人听丢丢这么一说，心里安定了。他们顺路在水果铺买上点瓜果梨桃，哼着小曲回家了。

哈尔滨的夏天，早晚凉爽，正午则很热。丢丢吃了一碗莲子白米粥，坐在一个草蒲团上，倚着水果架子，查阅借来的几本关于旧哈尔滨舞场和妓院的资料，希望能从中发现半月楼的蛛丝马迹。如果这里曾来过显赫一时的要人，哪怕是弗拉谢夫斯基这样的反苏反共的俄籍日奸，也算有过名堂啊。她相信出入舞场的男人绝非等闲之辈。然而看来看去，一无所获。正昏昏欲睡之时，一条伪满初期的《哈尔滨公报》的广告吸引了她的眼球："塔头斯饭店，烹调西餐大菜，味美价廉，每晚八时以后，有音乐伴奏，有西洋美女陪伴跳舞。"

齐耶夫现在道里的红莓西餐店做大厨，他的几道拿手好菜，就是当年塔头斯饭店的招牌菜。提起塔头斯，齐耶夫总是无限神往，慨叹生不逢时，没有在那个年代的灶房里一试身手。丢丢没有想到，塔头斯那时经营的是两种食物：食和色。难怪它声名远播。以食和色为招牌的饭店，在哪个年代都会受宠啊。丢丢叹息了一声，睡意渐消，起身拿了一杯茶，重新坐下。她怀中揽着的，除了纸页泛黄的资料外，还有从敞开的房门溜进来的正午的阳光。丢丢喝了一口明前的绿茶，那微苦的清香就像一把素色的团扇，带给她无边的清凉。

二十世纪二十年代，关于俄人在哈尔滨开的妓院，有如下记载："俄娼窑，皆散漫于道里各街，共计二十余家。其最下等者，在道里石头道街及买卖街，共六七家。稍高者在斜纹街、地段街等处。华俄客人均行招街。各妓皆可操半通式之华语。春风一度需大洋三元，夜宿则需七元。例外用费，一概无之。街客和蔼，一视同仁，身体之清洁尤使雇主心安。"

丢丢读到"春风一度"时，哑然失笑，心想那个时代的色情用语还挺文雅的嘛。她正看得入迷，齐耶夫回来了。丢丢家不装电话，她也不用手机，她喜欢过单纯的日子，所以齐耶夫什么时候回家，她并不知晓。

齐耶夫很少正午回来，那正是饭口，店里会很忙。通常，他会在午夜时推开家门。他一进门，悄悄就会从水果架上跳起，飞快地蹿上楼，给丢丢报信。齐耶夫买了一套日本的漆器食盒，只要他提着它回来，那就是给丢丢和齐小毛带吃的了。除了汤类，这些年丢丢几乎把西餐的菜肴吃遍了。她最喜欢的，是烤小牛肉、杂拌青椒、烤葱奶汁草根鱼、鸡肝泥、苹果鹅、什锦汁猪肉、白菜卷和炸蛎黄。而齐小毛喜欢的，是大虾冻、酥炸狗鱼、炭烤羊肉和面食中的奶渣饼。齐耶夫在红莓西餐店每月挣三千块，其中大约有五百块是给家人买了吃食了。他不像别的厨子，要么是偷着往家拿，要么是把客人吃剩的东西带回去。尽管齐耶夫以前偷喝过啤酒，但他跟丢丢结婚后，意识到偷是可耻的，而让亲人吃残羹冷炙，则是对家人的不敬。所以，他带回的菜，都是花了钱，在灶房里大大方方精心烹制的，这让齐耶夫在行业内有极好的口碑，而丢丢对齐耶夫也是心怀尊重。有时，齐耶夫还会带着一瓶红酒回来。若是齐小毛睡得香，他们不忍将其叫醒的话，丢丢和齐耶夫就会在卧室里享用美酒佳肴，然后再行鱼水之欢。

齐耶夫看上去非常憔悴，他双目无神，脸色发暗。他跟丢丢打了声招呼，就奔洗手间去了。方便完，他取了手电筒，掀开窖门，下去了。

丢丢觉得齐耶夫今天的举止有些怪异，便走到地窖口，俯身问道："你取啤酒吗？"丢丢在地窖中冷藏了几箱啤酒，齐耶夫在夏天时最喜欢喝了。

果然，齐耶夫回答说："是。"声音从地窖传出，带着低沉的回音。

丢丢说："天太热了，给我也拿上一瓶吧。"

齐耶夫从地窖拎着两瓶啤酒上来后，打了一串寒战。丢丢说："窖里有那么冷吗？"

齐耶夫说："冷，冷啊。不过冷得舒服，我头不昏了！"他看上去神情开朗了一些，在启啤酒的时候，问丢丢看的是些什么书，摊了一地。

丢丢说："我在查旧哈尔滨的舞场和妓院的资料。要是哪里对咱住着的房子有个记载，那它就有被保留下来的可能。咱老八杂兴许都有救了。"

齐耶夫说："我看你是瞎耽搁工夫，一个开在'马市'中的舞场，闹不了大动静！那些名声大的，才能让人写到书里。"

丢丢说："倒也是呀。我看到的，写的不是道外桃花巷的妓院，就是道里的几个大舞场。你知道吗，塔头斯饭店原来也是有舞女的！"

齐耶夫喝了一口酒，无动于衷地说："那有什么好奇怪的。"

丢丢见齐耶夫没有谈天的兴致，就不说什么了。她一边喝酒，一边悄悄打量丈夫。他耷拉着脑袋，握杯的手颤抖着，很虚弱的样子。见他闷不作声，丢丢便用啤酒杯去拨弄自己佩戴着的麦穗形的银耳环，让它们发出悦耳的叫声。果然，齐耶夫抬起头来，笑了一声，凑过来，在丢丢的额头上亲了一下，说："我该走了，这会儿店里有点空闲，就想回来看你一眼。你别太操心别人的事了，老八杂动迁是迟早的事。从拆迁到回迁，我们在外面起码要住两年。哪天我休息的时候，咱们提前把房子租下来吧，省得到时抓瞎。要租还得在南岗，小毛上学方便些。你说呢？"

丢丢用脚踢着草蒲团，把它踢得像一条跟主人亲昵的狗似的，团团转。她对齐耶夫不置可否地笑了一下，算是回答。

齐耶夫走后，丢丢有些失落。她拿起书，却看不下去了，那些字在她眼里如一片苍蝇，全都是一个模样，令她作呕。齐耶夫异常的神情和举止搅乱了她的心。他回来做什么？难道真就为了看她一眼？还是他果真不舒服，像别的男人一样迷信，以喝啤酒为借口，下去治病？

正心烦着，来了个热闹人物——裴老太。她七十一了，因为爱扭秧歌，整日披红挂绿，插花戴朵的。她喜欢涂脂抹粉，那沟壑纵横的脸被脂粉点染得就像覆盖着积雪的山谷。裴老太买水果，总是挑三拣四，临走还要顺手抓在手里一个梨或是一根香蕉，否则就像吃了大亏似的。老太太虽然碎嘴子，虚荣，但心眼儿还好，所以丢丢并不反感她。今天她穿了一条白绸裤子，红绸衣，提着一把纸扇，一进来就嚷着天热，要迷糊过去了。丢丢赶紧洗了一个梨递给她。裴老太咬了一口，抱怨着梨渣多，说是这梨进得不好；接着又抱怨碰到了一个白眼狼的店主！原来，裴老太早晨时和老年秧歌队的人受邀去中山路一家新开业的酒店助兴，他们在酒店前的空场敲锣打鼓，足足扭了两个小时，为酒店赚足了人气，可老板给的赏钱却是每人十块！裴老太说，别的酒店开业请我们，每个人没有低于十五块钱的呀！

丢丢说："给了总比没给强，就当锻炼身体了吧。"

裴老太发完牢骚，开始说正事。明天裴树要相亲，她得提前预备点水果。她问丢丢，那个姑娘是个护士，买什么水果适合护士吃？丢丢想了想，说，护士都爱清洁，那些不能削皮的水果，你就是洗了十遍八遍，她可能也疑心有细菌，不敢吃，所以桃子、李子、杏子、草莓和樱桃是不能买的。能削皮的，像苹果、鸭梨，也不适合，你要是帮她削呢，她可能嫌你的手不小心碰着果肉了，弄肮脏了；要是她自己削，头回上门的人心里紧张，万一削了手怎么办？最好的，当然是可以随时扒皮和吐皮的水果，像香蕉、葡萄、橘子和荔枝。芒果倒也能扒皮，但芒果不行。它个儿大，要是她吃了整只，会担心你们以为她贪吃，要是她吃剩了，又可能怕你们嫌弃她糟践东西，从而怀疑她不会过日子。

丢丢的一番话，把裴老太说得直咋舌，她慨叹道："没想到水果里还有这么大的名堂！你要是不开水果铺，老天也不答应啊！裴树的前几个对象，没准儿就是水果吃得不对路，才没成的。我还记着，上次那个姑娘一进门，我就让人家啃西瓜，汁汁水水哩哩啦啦地滴了人家一裙子，人家不跑才怪呢！"

丢丢笑了，她捧出一个藤条编的小果篮，将香蕉、葡萄和荔枝各装了一些，递给裴老太，说："你今儿挣了十块，就付我十块钱吧！"

裴老太乐得满脸开花，可嘴上却说："那怎么行，十块钱还不够买荔枝的呢。再说，这对象万一像前几个似的黄了，你连喜酒也喝不上，亏大发了！"

丢丢说："你提了这篮水果，一准儿能把那护士留在家中！"

裴老太咳了一声，说："要是真成了，谁知是水果把她留下的呢，还是房子留下的她？不瞒你说，这些天我愁坏了，动迁后，仁儿子咋摆平啊。老大住得还行，不惦记我的房；老二跟人合租多少年了，这些天二儿媳妇常带着仁瓜俩枣来看我，我能不明白她动的是什么心思吗？这老小裴树，你也知道，三十了还没成家，他人厚道，能干，可哪个姑娘愿意往老八杂的烂房子里嫁呢？这下好，一听说这儿的人可以进大楼里住了，有两个姑娘都上赶着跟他好。我是担心哪，这个护士图的也是房子！万一有一天我摆腿走了，哥儿几个再因为房子打起来，你说我就是死了也落不得个安宁啊。"裴老太唉声叹气的。

丢丢说："我正想跟你打听点半月楼的旧事呢。你是从那个年代过来的老人，对它肯定有印象。有没有什么显要人物来过这里？这里发生过什么大事？"

"那可说来话长了。"裴老太一屁股坐在草蒲团上，喘了几口气，接着说，"我爹是养马人，我就生在'马市'。那时这儿树多，鸟儿多，草也多。我小的时候，这个舞场就有了。这里有个舞女很有名，人们都叫她'蓝蜻蜓'。这蓝蜻蜓喜欢穿蓝色的舞裙，跳起舞来才迷人呢。都说她的裙子一摆，满场的男人都得丢魂儿。出入这舞场的人，据说有一半都是奔着蓝蜻蜓来的。"

丢丢急切地问："她是俄国人还是中国人？你见过她吗？"

裴老太说："是中国人。我没见过她。我们小孩子，是不能进舞场的。我只记得，一到晚上，这里灯火通明的，门口停着很多马车。舞场门口有卖花的，卖栗子的，卖香烟的，卖瓜果的，好不热闹。我爹跟我娘说，来这里的还有日本人呢。"

"是什么样的日本人？"丢丢问，"你爹说过没有？"

"说是平房来的日本军医。东北光复后，我们才知道那些军医都是细菌部队的，他们抓了不少抗日的人，做实验材料了。传说那个蓝蜻蜓很爱国，她讨厌日本人，只要是日本人和她跳舞，她就不撒手，能带着他们连转上百圈，把小鬼子给转迷糊了。都说她用舞蹈的绝技杀死过好几个鬼子呢。"

"这蓝蜻蜓最后怎么样了？"丢丢已经听入迷了。

"日本战败前，她失踪了。我爹说蓝蜻蜓是被日本人秘密抓到细菌部队，做了活人实验材料了。"

"那这房子是哪年失火的？"丢丢问，"你还记得吗？"

裴老太说："是日本战败的那年夏天失火的，那段时间舞场生意不好，开三天歇两天的。这火着得蹊跷，半边蹿着火苗，另半边却一点事情没有。楼的主人是俄国人，那天晚上，他们全家去中东铁路俱乐部看演出了。大火烧死了两个人，一个是看门人，一个是厨娘。"

"火是怎么引起来的？"丢丢问。

"那说法可多了。有人说看门人和厨娘趁着家中只有他们两个人，在一起胡搞，蜡烛倒了也不知道，引起了大火，沦为一对风流鬼！也有人说，日本人知道要滚回老家去了，舍不得这个舞场，就放火烧了它。还有的呢，说是店主得罪了同行，别家舞场的人来报复。更离谱的，说是那天晚上的月亮太明了，月光化作火苗，把这房子烧了一半。"

"我相信是月光烧的。"丢丢泪光闪闪地说，"世上只有这种火，才能烧得这么鬼斧神工啊。"

第三章 傅家甸

哈尔滨主要分三个区，道里、道外和南岗。东北烈士纪念馆和哈尔滨火车站，是区分道里、南岗和道外的标志性建筑。

先说南岗吧，它是哈尔滨地势最高的地方，传说这条"岗"是条土龙，为哈尔滨风水所在地。南岗曾被俄国人称为"新城区"，那时的中东铁路局、秋林公司、中央电话局、苏联领事馆、日本领事馆以及一些达官显贵的私人官邸，均在这里。今天，它也是哈尔滨的政治中心，省直主要的行政机构都设置于此。

如果说南岗是一个顶天立地的男子汉的话，那么道里和道外就是对孪生姐妹，她们手拉手，守望着松花江。不过这对孪生姐妹的命运和气质是不一样的。

道里是旧哈尔滨的埠头区，一条由花岗石铺就的大街宛如一条青龙，游走其间，给这里带来云蒸霞蔚的繁荣气象。过去的那条中国大街，到处是欧式建筑，旅店、商店、酒店、洋行、咖啡馆、绸缎铺、茶庄林立，店的招牌都是中西文对照的。街上可以看到欧洲的传教士，牵着洋狗穿着貂皮大衣的白俄女人，以及开店铺的中国人。那时的中国大街，现在已经叫中央大街，成为步行街了。这街就像个老贵族，遗风犹在。犹太人约瑟·开斯普创办的马迭尔旅店，曾接待过溥仪、宋庆龄等历史名人，如今它就像中央大街的一棵苍松，风骨依然。而巴洛克风格的标志性建筑——砖木结构的老松浦洋行，听不见了点钞声和银币的叮当声，如今它是一家书店，满楼的墨香。著名的华梅西餐厅，也就是老马尔斯西餐厅，仍然经营传统的俄式大菜，其纸包大虾、罐羊、软煎马哈鱼，是来哈尔滨的游客最喜欢品尝的。除了老建筑，中央大街还有新起的玻璃幕墙的商厦和酒楼，这条街繁华依旧，皮草行、眼镜店、服装店、珠宝店、玉器行、美发厅、茶馆、咖啡馆、饺子铺、面馆一爿连着一爿，招牌和霓虹灯交相辉映，令人眼花缭乱。

如果说道里是一个衣着华丽的贵夫人的话，道外就是一个穿着朴素的农妇了。道外原来叫傅家甸，也称马场甸子，这里曾经是松花江畔的一片沼泽地。随着大自然的变迁，松花江江道逐渐北移，沼泽演变成肥沃的泥土。如果说房屋是果树的话，那么泥土就是能让这房屋开花结果的地方。果然，这片土地迎来了零星的打鱼人，他们在岸边支起窝棚，使松花江不仅仅能被晚霞映红，也会被渔火映红。到了乾隆年间，这里出现了阿勒楚喀副都统驻屯戍守的旗兵营房。之后，来此当差的山西人傅振基，被恩准于此落户，开始了垦荒种地。傅振基就像一缕晨曦，引来了一场壮丽的日出，之后，又有杨、韩、刘、辛四户人家到此落户，使它人气渐旺，所以这儿也称"五家子"。随着越来越多的人口的迁入，傅家甸成了气候。傅振基家开了第一家店，为往来的车马提供粮草、食宿，做着修车、挂马掌的营生。之后，其他人家陆续开了烧锅、药铺、网场、客栈、线香铺、打尖店等。所以，傅家甸从一开始，就是小手工业者聚集之地，虽没有大气象，但最具人间烟火的气息。直到如今，哈尔滨的道外区，仍是大店小店，遍地开花；三教九流，无所不有。

二十世纪六十年代，丢丢出生在道外航运站附近的一座简朴的民房里，她有两个同父异母的哥哥，一个大她十岁，叫傅钢，一个大她八岁，叫傅铁。她的父亲傅东山，是国营理发店的理发师，他三十二岁的时候，妻子生下傅铁后得了产褥热，由于救治不及，猝然离世。丢丢的母亲刘连枝，那时在街道办的火柴厂上班，因为生有兔唇，大家便送了她个绰号"三瓣花"。虽然她身材俊美，眉清目秀，可那朵绽放在脸上的"三瓣花"，似乎散发着有毒的香气，吓跑了一个又一个前来相亲的人。"三瓣花"无疑成了吊在刘连枝脸上的婚姻丧钟。刘连枝二十八岁的时候，父亲去世了。

傅东山矮矮胖胖的，眯缝眼，塌鼻子，厚嘴唇，穿一件白大褂。他见了刘连枝，愣了一下，刘连枝想一定是自己的豁唇吓着他了。刘连枝说明来意后，傅东山一边点头，一边收拾东西，带上剃头推子、刮胡刀、肥皂、毛巾等理发用具，与同事打了声招呼，让他们帮助照应一下，跟着刘连枝走了。

傅东山这一去，结了姻缘。他精心地给刘连枝的父亲理了发，刮了胡子，让他面容洁净地上路了。刘连枝感激他，一料理完父亲的丧事，就打听到傅东山的住处，买了两斤核桃酥和二两茉莉花茶，前去道谢。傅东山一家正吃晚饭，两个虎头虎脑的男孩坐在饭桌前，脸颊和领口沾着玉米糊，看上去顽皮可爱。刘连枝放下东西，帮他打扫了屋子，又给孩子洗了衣裳。傅东山送她出门的时候，对刘连枝说："你要是不嫌弃我们爷仨儿，就搬过来做个伴儿吧。"刘连枝问："你不嫌弃我的豁唇？人家都叫我'三瓣花'。"傅东山说："我老婆死后，我常梦见她。她每回来，总要举着一朵花。这花很怪，不是五瓣七瓣的，而是三瓣！她见了我不说话，只是跟我笑，把那朵三瓣花在我眼前晃来晃去的。这梦我连续地做，知道它暗示我什么，可我解不了！直到那天我在理发店第一眼看见你，才知道你就是她打发来的'三瓣花'呀。"

刘连枝比傅东山小六岁，而且傅东山又拖着俩孩子，所以刘连枝的母亲坚决反对他们结婚。她的话说得很难听，说是女儿上边的唇豁着，下边的唇可是一朵未开的花苞，凭什么嫁给你一个死了老婆又带着两个小鬼的人？可是刘连枝下决心要跟傅东山好，三天两天就往那里跑，直到有一天跑大了肚子，刘连枝的母亲这才撒手不管了，给她做了两套行李，打发她出门子了。

刘连枝喜欢傅钢傅铁，对他们视如己出。她担心生下的孩子是豁唇，临产前忧心忡忡的。当护士把刚分娩的孩子抱给她，她一看一切正常，喜极而泣，对着孩子粉红的唇亲了又亲，当即给她取名为"傅红唇"。刘连枝对丈夫说，咱有了红唇，儿女双全了，不再要了。所以女儿两岁时，刘连枝做了绝育手术，一心一意伺候这仨孩子。

丢丢六七岁时，开始闹着改名字。刘连枝说，一个小丫头，叫红唇多么豁亮啊，不能改！可丢丢说，我要改，我要改！傅东山问她想叫什么，是想叫秀珍、红玉、天芳还是金玲？在他心目中，这些都是女性最美的名字。丢丢说，我才不叫什么"珍、玉、芳、玲"呢，我要叫丢丢！刘连枝说，哪有女孩子叫丢丢的，太难听了，不行不行！丢丢说，难听你们怎么一到了晚上老要偷着叫"丢了——丢了——"叫得那么高兴？看来"丢"是美的！我要叫最美的名字，我现在就是"丢丢"了！

刘连枝和傅东山臊得满脸通红。他们文化不高，但读过两本私藏的古典小说，没想到从那里借鉴来的房事的秘密，就这样被天真的红唇给听去了。他们对丢丢说，"丢"不是个好事，是丢人的事情，你可不能叫丢丢！丢丢又哭又闹着，说，我不叫红唇，我就要叫丢丢！父母无奈，只得说，你的大名不能改，都上了户口了。你想叫"丢丢"，只能让它做你的小名了。丢丢说，叫小名也行。

红唇成为丢丢的时候，"文革"正值高潮。两个哥哥因为根红苗正，整天雄赳赳气昂昂地走街串巷，揪斗知识分子。他们一回家，傅东山总要唉声叹气，就是他虽然大字不识几斗，但是明白读书人是世上最单纯的人，对他们动武，就跟在庙里吹灯拔蜡一样，是造孽的。傅钢顶撞父亲说："书读多了就反动了，不斗他们斗谁呀！"傅铁则白了父亲一眼，奚落道："你懂什么？你白天只知道给人剃头，晚上就知道跟一个三瓣花'丢了丢了'地叫，一身的奴性和动物性！"

傅东山气得脸色发青，他扬起胳膊，狠狠地扇了傅铁两巴掌。傅铁的唇角出血了，他捂着嘴，哭着对父亲说："我妈死了，你找来一个三瓣花不够，还想把我也扇成三瓣花呀？你扇吧，扇吧！"那时丢丢才朦胧觉得，自己跟两个哥哥，并不是一个妈的。

不管傅钢傅铁对父母态度多么恶劣，他们对待自己的小妹，却是格外呵护。

在巷子里跳猴皮筋，她边跳边唱："猴皮筋，我会跳，'三反五反'我知道。反贪污，反浪费，官僚主义也反对。"这时从屋顶忽然传出一个男孩阴阳怪气的唱和声："猴皮筋，我会跳，三瓣花开我知道。春也开，秋也开，风吹雨打花不落。"丢丢听出来了，这男孩是百货公司卖布的王店员的儿子王小战，比她高一年级。他非常淘气，如果学校的玻璃被砸了，十有八九是他用弹弓打的。周围的人，都知道刘连枝的绰号"三瓣花"，丢丢明白王小战编的歌谣，存心是气她的。丢丢哭着跑回家，把王小战唱的歌谣跟两个哥哥说了。他们二话没说，拉着妹妹，冲进王小战家，把他揪到巷子里，让他跪着，用猴皮筋勒着他的脖子，说是如果他不跟丢丢赔罪的话，就让他见阎王爷。王小战被勒得脸色发青，他哆哆嗦嗦地唱了另一首歌谣，为丢丢赔罪："猴皮筋，我会跳，丢丢一跳鸟儿叫。问鸟儿，为何叫，丢丢跳得比我好！"

傅钢傅铁虽然教训了王小战，但私下里却佩服这坏小子，说他机灵，有点歪才。他们对妹妹说，女孩子不能太老实了，老实就会受欺负，你得学厉害点！丢丢我行我素的性格，与哥哥的说教不无关系。

傅钢傅铁高中毕业后，纷纷响应党的号召，上山下乡了。傅钢去了小兴安岭伐木，傅铁去北大荒种地。他们春节回家时，会给小妹妹带来松子、榛子等吃食。一九七四年初春，刚刚入党的傅钢在小兴安岭林区救山火时死亡，成了烈士。从那以后，傅东山的头发就白了，他在理发店干活时常常心不在焉，屡出事故。不是把人的脸刮破了，就是把人家的头发剃走形了。傅钢的死刺激了满怀壮志的傅铁，他说自己不能要求进步，进步往往意味着牺牲。要是把青春的黑发埋在土里，不管你身后获得多么大的荣誉，人生都是失败的。傅铁在农场里常常装病不出工，有时还揣着一把高粱米，半夜溜到老乡家的鸡舍，撒了米，引出鸡，偷了吃了。他还与当地的一个姑娘谈起恋爱，她帮他做些洗洗涮涮、缝缝补补的活计。就这样，傅铁混到了"文革"结束，挨到了返城的日子。他返城后的第二天，朝父亲要了二十块钱，跑到秋林公司，买了红肠、面包和啤酒，然后乘车来到松花江边，上了渡船，到了太阳岛，钻到一片茂密的桦树林中，脱光了衣服，仰躺在林地上，让七月的阳光在身上每一个毛孔中生根开花。他在北大荒这些年所感染的风寒，经由这银针似的阳光一调理，轻烟般散去。他畅快地喝着酒，畅快地哭着。傅钢死后，他一直没有好好哭过他。除了哭哥哥，他还哭他住过的干打垒的房子，哭他种过的谷子和高粱，哭那个曾给他带来过温暖的姑娘。返城前，他找到她，说，将来你去哈尔滨，别忘了找我。姑娘明白这话等于是把她给抛弃了，她心里委屈，眼泪汪汪，可嘴上却说，俺舍不得离开这儿，农场开拖拉机的人看上俺了，兴许俺年底就成亲了。要是有一天俺有了儿子，等他长大了，俺让他代俺去哈尔滨看你吧。这番话，把傅铁说得无地自容。傅铁在太阳岛独自待了一天。到了晚上，他离开岛上的时候，对自己说，我一定要自由地活着，一定要在哈尔滨混出个人样！他登上渡船，站在船头。江风浩荡，把他的头发吹得像春节门楣前贴着的挂钱儿似的，颤颤跃动着。江水被夕阳点染得一片嫣红，好像青春的血液在流淌。

　　傅铁在家待了一年后，得不到就业的机会，灰心丧气。这时候他忽然想起哥哥的烈士身份，便给区劳动局写了一封信，说自己是救火英雄傅钢的弟弟，他想继承哥哥的遗志，请求政府给予他一份工作，他将埋头苦干，任劳任怨。傅铁这封信宛如福音书，两个月后，劳动局特批给傅东山家一个就业指标，这样，傅铁成了一名正式工人，被分配到一家粮店工作。可他并不满意这份工作，说是整天闻着高粱和玉米的气味，让他觉得又回到了北大荒。那时丢丢已考上了牡丹江的一所师范专科学校，学习财会，傅铁常常在周末去看妹妹。他通常会从乘客手中借张车票，买张站台票，混上车后东躲西藏，从而逃票。他坐的，一般是晚上的慢行列车，这样的列车和这样的时刻，就是一双瞎眼，可以让傅铁蒙混过关。他用省下的钱，给丢丢买奶粉和果珍等营养品，还陪着她去地下森林和镜泊湖游玩。丢丢的同学，都羡慕她有这么一个好哥哥。丢丢生性率真，不善掩饰，容易听信别人的话，傅铁对此很不放心，把丢丢班上的男生悉数看了一遍，对她说，你不能在班级里搞对象，那些男生，大都蔫头蔫脑的。不蔫的，眼睛花得跟贾宝玉似的，没有男子汉气！记住哥哥的话，这两种小子都没什么大出息！丢丢倒也真听哥哥的，专科三年，虽然班上有四个男生写信追求她，她都不为所动，毕业时仍是一棵凛然不可侵犯的亭亭玉立的小白桦。

傅铁宠着丢丢，不过对她的小名始终有着抵触情绪，一直叫她"红唇"，直到返城后才渐渐习惯了叫她"丢丢"。丢丢长大以后，也渐渐悟到"丢"的含义，不过她并不为此害羞，相反对它更加喜欢了。傅东山和刘连枝老了，他们的青春和如火的激情，在时光不绝如缕的嘀嗒声中，真的"丢"了。傅东山一到冬季气管炎发作的时候，常常是后半夜就会咳嗽醒，枯坐到黎明。刘连枝虽然健康，但她的头发开始白了，眼角的鱼尾纹多了。原来她是火柴厂最能干的女工，如今她手脚慢了，眼睛也花了。

丢丢毕业回到哈尔滨后，被分配到道外一家医院做出纳员。

傅东山在退休前终于分了一套楼房，一家人从航运站搬到了靖宇街。那时它就是道外的主干道。丢丢一家住在临街的二楼，整天听汽车喇叭声。他们开始怀念旧房，怀念那儿的清静，怀念松花江通航时传来的好听的汽笛声。傅东山患了失眠症，常常在夜半惊醒时，站在阳台上，咒骂行驶着的汽车。刘连枝这时就得起身，给老伴倒杯水，让他消消气。不过他们对这街的反感，很快由儿子工作角色的转换而改变了。

傅铁交了个在公安局工作的朋友，靠着他的关系，傅铁从粮店调到交警大队。经过三个月的培训后，傅铁如愿以偿穿上制服，上岗了。丢丢骑着自行车上下班时，常在道外各个大的十字路口看见指挥交通的傅铁。这些路口都是交通要道，车来人往，喧闹无比。从他身边经过的，有载客的公交车，运货的卡车，头头脑脑的小汽车，平民百姓骑乘的自行车以及从朝鲜屯、王家屯和新立屯驶来的农用三轮车。丢丢每每看到哥哥伸出胳膊，做出各种交通指示的手势时，不管他看不看得见，都会冲他顽皮地吐一下舌头。在她眼里，傅铁就像一只被牵到街头的猴子，不过戏耍他的不是人，而是各色车辆。她觉得这还不如在粮店工作，清静而又干净。但傅铁却喜欢做交警，说是这样的工作能让他看到世界。傅铁出勤的地点是不定的，有时在景阳街，有时在承德街。每当他在靖宇街值勤时，傅东山就会心满意足地将头伸出阳台眺望，感觉他儿子就是将军，指挥着千军万马。从此那刺耳的汽车喇叭声，在他听来如同清风鸟语，他能伴着它们，安然入睡了。

丢丢参加工作的第二年，陷入了初恋。她爱上了本院的外科医生柳安群。柳安群绰号"柳小飞刀"，他医术高超，传说他给病人动手术，手术刀如同魔术棒一样轻灵地舞动，从未出过事故，这让他获得了"无影灯之王"的美誉。柳安群不仅医术高超，他还相貌俊朗，身形飘洒，这些条件对于女孩子来说，就是酷暑中的一杯五彩冰激凌，勾人魂魄。丢丢明明知道他有妻子，可当柳安群约她吃饭时，她还是忍不住去了。他们在一起吃了三次饭后，有一天柳安群值夜班，丢丢跟他一同来到单位。他去了前楼的门诊，而丢丢去了后楼办公区的财务室。没有多久，柳安群就叩丢丢的门了。他一进来就把门反锁上，关了灯，将丢丢抱在怀里，夸赞她的腿，说是从未见过女孩子有这么漂亮的腿，骨骼匀称，肌肉是那么富有弹性！他用手指在她腿上嗒嗒地弹了几下，对丢丢说，听啊，你的腿像琴键一样，会发音哪。丢丢无限陶醉的时候，柳安群小声说，上帝给了我两把好刀，一把是给患者的，另一把是献给我心爱的女人的。现在我要用那把好刀，给你做一场最温柔的手术，将来你会更美！就这样，丢丢不由自主地成了柳安群的俘虏，或者说成了他的病人。柳安群值夜班的时候，丢丢常找借口去单位。此时的丢丢，已经离不开他，她和他在一起的时候，常常会呼唤："丢丢——"柳安群不解地问，你叫自己做什么呀？丢丢神秘地笑着说，我丢了魂儿，我得把它给叫回来呀。

　　丢丢期待着柳安群有一天能离婚，让她做他的新娘，然而他从来不提他们的将来。他们在众人面前偶然相遇时，柳安群仅仅跟她微笑着打声招呼，这让丢丢有不祥之感。如果一个口口声声说爱你的人在别人面前却做出一副若无其事的样子，让你为他守口如瓶，那他一定是在思谋着该如何抛弃你了。果然，两年后，柳安群似乎已经厌倦了她，开始挑剔她的胸不够丰满，还说她的胯骨有些宽，嘴唇太厚了。丢丢被他说得几乎没了自信。一个夏日的黄昏，父母相携着去江边散步了，哥哥和几个朋友去喝酒了，丢丢难得一人在家，她脱光了衣服，站在穿衣镜前，仔细地打量自己。她的躯体被夕阳映成蜜色，好像刚从森林中跑出来的一只小鹿，浑身散发着一股野生生的气息。她的双腿还是那么修长而富有弹性，她的肩胛骨和胯骨弧度柔美，双乳像一对结实的青苹果，无可挑剔。她生着剑眉，薄薄的嘴唇怎么衬托得起这样英武的眉毛呢？这样的眉毛，当然需要丰满的嘴唇来接纳它浓重的投影了。丢丢看过自己，放了心，她明白自己仍是青春勃发的。柳小飞刀是玩腻了她。直到这时她才醒悟，如果一个女人的初恋是从一个有妇之夫开始的，那就是自酿苦酒。

丢丢永远忘不了那个黄昏，她看过自己后，精心打扮了一番，上穿一件白色丝绸短袖衫，下穿一条银粉色的超短裙，脚蹬一双半高跟的白色皮凉鞋，高高绾着发髻，佩戴着一副银粉色的扣形耳环，光鲜十足地走出家门，来到单位。那个晚上，正是柳小飞刀的夜班。丢丢在门诊值班室的走廊里，找到了要去楼上查房的柳安群。她见走廊里没有单位的熟人，就把他拉到楼梯拐角，说："我明白你是个什么货色了，听着，我不想和你一个单位，我没有本事调转，你在半个月之内，必须从这个医院滚蛋！否则，我将不择手段，把你的两把好刀都废了，让你生不如死！"

柳安群果然被威慑住了，半个月后，他调走了。

丢丢黯然神伤了一段时日，很快从市井生活中获得了安慰和乐趣。道外是哈尔滨比较杂乱的一个区，房屋和街道都不规整。房屋高的高、低的低，新的新、旧的旧，它们挤靠在一起，好像一个人长了一口参差不齐的牙。街巷呢，倒像个心事复杂的女人，斜街一条连着一条，弯曲的巷子更是随处可见。不过，正是这种不规整，使这个区的生活显得琐碎而温暖。那时做小本生意的商贩开始多了起来，一到黄昏，他们就蹬着三轮车，来到人烟稠密的街巷，当街叫卖，夜市就这样悄然兴起了。卖土产日杂的，卖蔬菜水果的，卖面食的，卖各色熏酱肉食品的，卖衣服和鞋帽的，卖膏药和蟑螂药的，卖花卖鸟的，在夜市中都可以见到。丢丢喜欢逛夜市，一碗漂着葱花的馄饨或者是一个刚出锅的油炸糕，就是她最好的晚饭了。她最爱逛卖耳环的摊床，那些耳环不是金银之类的高档品，它们材质普通，价格低廉，但丢丢很喜欢。比如菱形的枣木耳环，铜质的葡萄串耳环，酒红色的马蹄形玻璃耳环，这几副她爱惜的耳环，都是从夜市淘来的。有一天，她一边逛着夜市，一边吃着驴肉烧饼，忽听有人叫她的名字"丢丢"。她站住，回身一看，是个中等个戴着副银边眼镜的青年，丢丢觉得眼熟，可一时想不起他的名字。"我是王小战哪。"他朝她伸过手来，"小的时候，咱们住一条巷子呀。"丢丢想起了猴皮筋的歌谣，笑了，握住了王小战的手，说："多少年不见了呀。"

王小战现在保险公司工作，是个部门经理。丢丢觉得他做保险一定会有非凡的业绩，因为他口才好。他们互留了电话和住址，一周后，王小战就来敲傅家的门了。他一边推销各类保险，一边和丢丢叙旧。傅东山夫妇觉得女儿已到了出嫁的年龄，所以对王小战的招待也就格外热情。他们看着他长大，与他父母相熟，知根知底。刘连枝对女儿说，我看王小战对你挺好，你也老大不小的了，该处对象了。他们开始约王小战来家吃饭，给他包饺子，炖排骨，蒸包子，他们还背着丢丢，把亲家给会了。两家大人对孩子的相处是满心欢喜，只盼望着他们早一点把婚事定了。丢丢对王小战，虽不反感，可也没特别的好感。她见到他时，从来不会激动。晚上入睡前，也不会想起他。丢丢拿不准主意，就去征求哥哥的意见，那时傅铁已厌倦了街头的烟尘和喧嚣，正准备辞职做生意。他对丢丢说，王小战这人机灵，跟着他一辈子不会受穷。如果你只想过安稳日子，我看他是不错的人选。

丢丢想要的，就是安稳日子。从那以后，她对王小战也就热情一些。两个人常出去看电影，吃饭，逛商场，不知不觉已交往了一年，感情也加深了一些。正当他们要领取结婚证的时候，让丢丢意想不到的事情发生了。夏日的一天，王小战的父母去呼兰串亲戚，当夜不归，王小战就留丢丢住在家中。那是个满月的日子，王小战为丢丢脱光了衣服，把她抱在怀里，颤抖着抚摩她。他不断地重复着一句话："我要了你，就会为你负责的。"他们交融在一起的时候，王小战不停地发出叹息，丢丢还以为他是在为美而叹息呢。

那个夜晚之后，王小战开始疏远丢丢。丢丢打电话约他来家吃饭，他总是找各种借口推托。有一天，刘连枝忧心忡忡地把丢丢叫到一旁，拐弯抹角地问她，你在跟王小战前，是不是处过朋友？丢丢矢口否认。刘连枝叹息着说："那怎么小战他妈跟我说，你跟小战不是第一个？小战说你骗了他，他不想娶你了！"丢丢这才明白，王小战是嫌自己不是处女。她冷笑了一声，对母亲说："我也不想嫁一个卖保险的。万一有一天他没钱了，把我害了骗保也未可知！"

丢丢给王小战打了个电话，说是想见他最后一面。王小战说，不必了吧。丢丢说，我想把你送我的东西还给你。王小战马上说，那好吧。

丢丢把王小战约到夜市。王小战来的时候，丢丢正坐在摊床前吃刀削面。见了他，她从兜里掏出一个红色丝绒袋，将它扔到王小战怀里。那里装着王小战给她买的一副象牙耳环和一只银手镯。王小战收了东西，转身要离开的时候，丢丢伸出一只脚，钩住他的腿，说，别急，我还要给你唱支歌呢。王小战只能趔趔趄趄地站住。丢丢放下碗，用筷子敲打着碗沿儿，泼辣地唱着："猴皮筋，我会跳，男欢女爱我知道。女儿花，开一宵，男儿桨，夜夜摇。"丢丢这一唱，把王小战弄得满面尴尬。摊主笑了，往来的行人也被她逗笑了。丢丢唱完，将腿收回来，王小战获得解放，快步离开了。丢丢笑了几声，从容地吃完那碗面，然后到另一处卖烧烤的摊床要了几串羊肉，喝了一瓶啤酒，摇晃着走出夜市。她不想回家，连穿过三条街，一直走到松花江边。她坐在江岸上，分外委屈，想哭，却哭不出来。不断有行人从她身边经过，她叫住其中一个男人，朝他要了一支烟。那人掏出打火机为她点烟的时候，丢丢问，你结婚了吗？男人点点头。丢丢又问，她跟你时是处女吗？那人很恼火，咔嗒一声将打火机弹出的火苗熄灭，掉头而去。丢丢苦笑着，将那支没有点燃的香烟捻碎，撒进江水。松花江在那一刻尝到了烟丝苦涩的气味，就是丢丢给予的。

从那以后，丢丢很少结交男人。那时父母已经退休，家里倾其所有，又东拼西凑了一些钱，帮助傅铁在太古街开了一家经营涂料的小商铺，取名为"傅家店"。傅东山说，虽然他们不是傅振基家的后代，但作为姓"傅"的人能生活在当年的傅家甸，就是一种缘。那时哈尔滨的装修市场尚在初级阶段，涂料取代传统的白石灰粉，让市民们大开眼界，所以傅家店开张的第一年，就收回了成本。傅铁用挣来的第一笔钱，在皇山火葬场买了块墓地，把母亲的骨灰盒从殡仪馆取出，让她入土为安。又将哥哥的坟从小兴安岭迁回哈尔滨，让他魂归故里。两年之后，他扩大了店面，并将经营品种扩展到陶瓷和板材。傅铁摇身一变，成了大老板。等别人醒过神来，纷纷在太古街开设类似的店铺时，傅铁已经赚足了钱，成立了"傅家店装饰有限公司"，从购销到家装，进行一条龙的服务，生意更上一层楼。他拥有了自己的房子和汽车，身边簇拥着漂亮的女孩，春风得意。他每次见到丢丢，总要甩给她一沓钱，说，别弄得灰头土脸的，到斯大林公园走走，看时兴啥，你也买了穿上！道里松花江畔的斯大林公园，其实就是一条沿江的花园长街。它就像天然的T台，那些穿戴了时髦服饰的女孩子们，最喜欢来这里逛上一圈，风光一下。所以，这里在不经意间也就成了服装的"秀场"。丢丢从不赶时髦，她觉得穿得好不如戴得好，戴得好又不如吃得好，所以哥哥给她的钱，都被她买首饰和享用美食了。

傅东山为儿子骄傲的同时，也为他提心吊胆，总觉得钱多了不是好事情，他劝傅铁见好就收，不要再拓展傅家店的事业了。每天晚上，他都要守在电话机旁，等傅铁的电话。知道儿子平安到家了，他才会安睡。

那一年的秋天，傅铁被人杀死在家中。这是当年轰动道外的一起杀人案。公安局成立了专案组，两个月后，案件告破。杀他的人是生意上的竞争对手，他说傅家店太兴旺了，抢了同行的生意，不把傅铁除掉，别人就很难将事业做大。傅铁离开的那年冬天，傅东山也去了。他们一家，最终在墓园团聚。每到春节，刘连枝带着丢丢给他们上坟的时候，会站在傅东山的墓前说："你可真有福哇，在哪一世都有老婆和儿女，我可不比你呀。"

傅铁的事情，经由媒体报道后，引来了一对母子。当年傅铁返城时，与他相恋的姑娘已经怀了他的孩子。她爱傅铁，不顾家人反对，固执地把孩子生下来。她从来没有让孩子来认父亲，是怕傅铁留下这孩子，而不会娶她，她就无依无靠了。现在傅铁去了，她就想让孩子去坟上认爹了。刘连枝那时正不知该如何处理傅铁的遗产，这对母子的出现，让她愁眉顿开。丢丢对母亲说，这女人等到人死了才来认亲，是不是奔钱来的？再说哥哥已经不在了，谁能说清那个男孩是不是他的？刘连枝很少对女儿发脾气，但她那次火了，她大声问丢丢："能在那个年月养下自己喜欢的人的孩子，悄悄守着孩子过日子，算不算好女人？"丢丢不语，刘连枝又说："这女人领着孩子一进家门，不用验血，更不用别人说，我就知道是你哥哥的种儿——跟我当年来傅家时见到的傅铁是一个模样啊。"就这样，这个叫王来惠的女人和孩子继承了遗产，留在了哈尔滨。她认刘连枝为干娘，把傅家店关张，开了一家风味小吃店。店名是她摆了酒席，特意请干娘给起的。刘连枝连干了三盅酒后，对王来惠说："你也看到了，我是个豁唇。从小到大，人家都叫我'三瓣花'。你要是不嫌弃，这个店就叫这名儿吧。有一天我死了，这名儿还能活着！"

第四章　半月楼

丢丢听说齐如云的故事时，母亲正在病危之中，她高烧不退，被不明原因的过敏折磨得如一把干柴，常常昏迷，一直住在重症监护室。有一天她清醒的时候，丢丢为了给她解闷儿，就把齐如云的故事说给她听。丢丢说："我想认识认识这个人，能在那个年代跟苏联专家跳舞时怀孕的女人，一定很了不起！"刘连枝说："跳舞时怀孕倒没什么了不起的，了不起的是这女人独自带着个二毛子过了一辈子！你要想认识她，早去的好。到了我们这种年龄的女人，都是开败了的花，说落就落了。"

丢丢听了母亲的话后，第二天就去拜访齐如云了。她走进一家花店，想给齐如云买束花。站在姹紫嫣红的鲜花前，丢丢一筹莫展。白色的百合花虽然高贵，但它的香气过于浓郁了。玫瑰呢，对于一个一生与爱情擦肩而过的女人来说，又过于绚丽了。康乃馨和菊花被修剪得失却了多半的叶子，没了叶子陪衬的花朵，给人贼头贼脑的感觉。想来想去，丢丢买了紫色的勿忘我和白色的满天星。它们搭配在一起，就像晴朗的夜空中跳跃着的无数银色的星星，有一种静寂而朴素的美。

虽然丢丢经常来到南岗，但对于马家沟河畔这带二十世纪遗留下来的旧房子，她并不知晓。如果说哈尔滨是一本书的话，那么翻到老八杂这一页的时候，其纸页是泛黄的，而且散发着微微的霉味。

丢丢最初踏上老八杂的土地，是个初夏的黄昏。老八杂看上去灰暗、零乱，但充满了世俗生活的温暖之气，是那么亲切可人，让她有回家的感觉。那些要去夜市出摊的人，看见一个姑娘捧着一束花出现在老八杂，都很诧异。他们打量她的时候，往往还要悄悄咕哝一声："好长的腿呀，是个跳舞的吧?"丢丢向他们打听齐如云的时候，他们都说："她家好找，往前走，有座米黄色的小楼，门前长着一大片丁香的人家就是。"

这座米黄色的小楼丢丢一眼就喜欢上了。如果说老八杂的房子是清一色的方脸的话，那么齐如云住的房子就是一张娇媚的狐狸脸，惹人怜爱。

门开着，丢丢在门口跺了跺脚。她的高跟鞋跺在水泥地上，发出清脆的响声，果然，一个头发花白的女人从里面迎了出来。

她肤色白皙，略瘦，提着一把丝绸团扇，神色淡然地问丢丢："你找谁？"丢丢张口结舌地站在那里，一时语塞，只是悄悄打量着齐如云。她上穿一件月白色短衫，下穿一条豆绿色的露膝筒裙，趿拉着一双皮凉鞋，那修长而润泽的腿就像两道闪电，将丢丢眼里积郁着的阴云撕裂了，照散了，让她眼睛发潮。她说："齐阿姨，我是丢丢呀，我想来看看你。"

齐如云说，正是那句"我是丢丢呀"，让她觉得这个陌生的姑娘与自己相识已久，与自己家有着前世的缘分，才把她让进屋里。

丢丢进了屋子，把那束花递给齐如云的时候，齐耶夫从地窖里走出来。猛然间看见一个人从地下出来，丢丢像是撞见了鬼，吓了一跳。齐耶夫穿着白色背心，咖啡色短裤，捧着几枝丁香。他见了丢丢抖了一下，撂下花，转身上楼了。等他再下来时，已经换上了一条蓝色长裤。事后齐耶夫说，他觉得在一个姑娘面前穿着短裤，像个流氓。

院外的丁香花早就谢了，可齐耶夫从地窖拿出的丁香却依然花色鲜艳。当丢丢惊叫着"这时节怎么还有丁香花呀"的时候，齐如云冲儿子微微笑了一下，齐耶夫羞怯地低下头。原来，春末的时候，齐如云折了几枝盛开的丁香，放进地窖，说是半个月后，如果它的枝叶和花朵还没有蔫，仍是新鲜水灵的，那么齐耶夫将会得到一个姑娘的爱。齐耶夫说，丁香花很娇气，折了的放在水中也明媚不了几日，它在地窖里缺了水又离了土，怎么活？如果半个月后还能看到花朵，他打赌说自己一定能娶九天仙女！

就在那个时刻，丢丢来了。看来冥冥之中，她和丁香花注定要有这场约会，他们都是盛装赴约，而且彼此没有辜负。丢丢被齐耶夫忧郁的神色和飘逸的身形所迷住，而齐耶夫被丢丢落拓不羁的气质深深打动了。

齐耶夫和丢丢的感情发展得很快。初秋的时候，他们已经难舍难分了。齐耶夫以前常常烂醉如泥，现在他滴酒不沾。周末的时候，他会和丢丢一起到医院去陪伴刘连枝。刘连枝对未来的女婿很满意，齐耶夫每次来，她总想挣扎着坐起来。有一天她精神略好一些，对丢丢说："你命不赖，这个二毛子比王小战好，人长得精神不说，我看他对你很心细，是个知冷知热的人。你们要是结婚生个三毛子，一准儿漂亮，可惜我没那福气了！"刘连枝的这番话，让丢丢做出了结婚的决定，她想让母亲走的时候能抱上外孙，于是飞快地和齐耶夫登记了。自从刘连枝住进医院，王来惠就放下"三瓣花"的生意，一心一意地服侍干娘。丢丢说要结婚，王来惠正好找到了报答他们一家的机会，她说身为干姐姐，丢丢的嫁妆理应由她操办。于是，她出入哈尔滨的各大商场，给丢丢买了全套的金饰品：项链、耳环、戒指、手镯。她说丢丢的腿生得漂亮，适合穿凉鞋，特意在一家首饰加工店给她打了一副金光灿灿的脚链。此外，她还置办了冰箱、彩电、洗衣机、空调等各色家用电器。除了这些，她还买了两套杭州织锦缎子棉被，两条苏绣褥子，两套毛料套装，四条裤子，六条裙子，红黄绿白的夏季皮鞋各一双，棕色和黑色的冬季皮靴各两双，以及脸盆、镜子、肥皂盒、晒衣架、茶具、酒具等物品。虽然丢丢不喜欢金首饰，也不喜欢那些价格不菲却俗气至极的衣物，她还是被王来惠的这片心意所感动。婚事紧锣密鼓地筹备着的时候，刘连枝的病情又加重了，她陷入了半昏迷的状态。这时齐如云跟丢丢提出，她想去医院探望刘连枝。丢丢说，她现在有些不认人了，等她哪天清醒些，您再去吧。一天正午，刘连枝忽然睁开眼睛，疲乏而又充满怜爱地看着丢丢。丢丢赶紧对她说，齐阿姨要来看您，算是会亲家吧，您看行吗？丢丢没有想到，母亲眨了一下眼睛，吃力地抬起胳膊，朝坐在一旁的齐耶夫比画了一下，虚弱而俏皮地说："我都见了她的果子了，还用得着再看坐了这果子的花吗——"她的话不仅把齐耶夫和丢丢逗笑了，她自己也笑了。她实在是没有力气了，这几声笑，耗尽了她最后的气血，她陷入深度昏迷。到了午夜，丢丢发现母亲病床旁的心脏监视器上的那条浪漫的生命波纹，已经如流水一样逝去，代之以一条冷酷的直线，像是一个长长的破折号，要诉说着什么。

刘连枝在世时，曾用玩笑的口吻安排了她的后事："可别把我埋在你爸旁边。他在那儿有老婆，又有俩儿子，那可是傅家的天下，我去了会受欺负。我留下的钱，够买一块墓地的了。我不愿意待在殡仪馆里，看不到天，憋闷。给我买的墓地不要离你爸近，人家该说我抢她的男人了。可也别太远了，远了连他的咳嗽声都听不到。我的墓碑，不要刻'刘连枝'这个名字，要刻就刻'三瓣花'，我从小就是听着这名儿长大的呀。"

丢丢安葬了母亲后，冬天来了。她给母亲烧完三七后，嫁到半月楼。那年的冬天仿佛是受了冤屈，雪花三天两头就冤魂似的飘来，没完没了。寒冷的气候使蜜月中的他们如胶似漆，缠绵如水，春节时，丢丢怀孕了。齐如云说自己有了孙儿后，有资本去死了。从那以后，她的身体一天比一天虚弱。

老八杂供电线路老化，突然断电是家常便饭。每当停电的时候，丢丢都不敢点蜡烛。齐耶夫告诉她，母亲最喜欢停电，她会坐在黑暗中，享受这个时刻。丢丢明白，这个时刻与她起舞受孕有关。每当这样的时刻降临的时候，丢丢和婆婆一起坐在黑暗中，都能听到婆婆怦怦的心跳声，她的心脏仿佛吸纳了最新鲜的氧气，会突然间变得强劲起来。有多少次，丢丢想开口问一句：跟你跳舞的那个苏联专家，你们一生再没有了联系吗？可婆婆那像钟声一样回荡着的心跳，具有强烈的威慑力，使她不敢张口。每当电力恢复，光明重现时，婆婆就像刚赶完一场热闹的庙会似的，知足地咳一声，躺下休息。有一次，丢丢给要出世的孩子织毛袜子，忽然停了电。她很担心掉了针，又要拆了重织，便凑到窗前，借着月光挑针。这时婆婆忽然问："丢丢，你会跳舞吗？"丢丢说："不会。"齐如云叹息了一声，说："可惜了你那双腿呀。"丢丢赶紧抓住时机问："跳舞真的有那么美吗？"齐如云说："女人不像男人，长着一双脚，就是为走路的。女人的脚，一生都盼望着能够离地，会飞。跳舞的时候，你就有飞的感觉了，你的脚踩着的不是土地，是云彩了。"丢丢羡慕地说："什么时候我也能飞一次呢。"就在那天晚上，齐如云从箱子里捧出一条蛋青色的连衣裙，说那是她的舞裙，也是她的寿衣。她嘱咐丢丢，到了她走的那天，无论冬夏，都帮她穿上它。

丢丢生齐小毛的时候，哈尔滨的冬天又来了。齐如云伺候完月子，吃完满月酒，一个下雪的夜晚，停电的时刻，她猝然倒在一楼靠近壁炉的一根廊柱下，安然谢幕了。

丢丢被推到了半月楼的舞台上。

齐如云在的时候，半月楼几乎没有客人来，老八杂的人，都知道这个有着不凡爱情经历的女人，不喜欢结交人，所以很少有谁前来打扰。倒是她家门前的那片丁香好人缘，一到花开时节，就把人招来了。齐如云对爱惜她家门前花的人，是友善的。有时她会站在门口，邀请他们进屋喝上一杯茶。所以老八杂的人日后对齐如云的回忆，往往是和茶联系在一起的。他们说她喜欢用丁香花沏茶，丁香茶香气浓郁，喝了特别提神。有的人为了讨杯丁香茶吃，不爱花的也做出爱的样子，到丁香丛中流连。齐如云过世后，丢丢从老八杂人的口中，一再听到丁香茶这个字眼，就让齐耶夫按照婆婆的做法，为她沏了一壶。那壶茶苦涩至极，有股中药味，难以下咽。齐耶夫喝了连连摇头，说这不是母亲沏出的丁香茶的气味。他反复试了几次，都不对味。丢丢明白，婆婆是把那茶的气息也一同带走了。

　　以前的半月楼，真的仿佛是一座广寒宫，老八杂的人难得进入。而丢丢以一座芳香的水果铺，改变了它的风貌。如今的半月楼就像一盏鲤鱼灯，谁都可以信手提着，感受它通体的明媚。

　　老八杂的人喜爱上丢丢，是从两桩事开始的。

　　老八杂有个磨刀的王老汉，六十多岁了。他是个罗锅，每天会扛着一个固定着磨刀石的长条板凳，走街串巷地招揽生意。齐小毛两岁时，丢丢有天背着儿子，蹬着三轮车去水果批发市场。当她路过人和街的时候，忽然看见一座居民楼下聚集着一群看热闹的人。只听见一个女人在大声地嚷，这刀磨得不快，连豆腐都切不了，我只能给你一半的钱！丢丢停下车，凑过去，见王老汉气得脸发紫，手发抖，他提着那把刀申辩说："你们打听打听，我磨的刀快不快？一把刀我是正反面各磨三次，磨得匀。别人磨一把刀三五分钟就凑合过去了，经我手的刀，哪把不是磨十来分钟？不是吹牛，我磨刀磨了大半辈子了，从来没磨哑巴过一把刀！你不给我钱行，算我白干，可你不能糟蹋我的手艺呀！"王老汉穿着蓝大褂，枯瘦的脸上弥漫着汗水，话语带着哭音。丢丢从那女人手中夺过刀，用指甲在刀刃上划了一下，它那逼人的锋利立刻给她的指甲留下了一道又深又直的划痕，丢丢放心了。她并没有责备那女人，而是先将刀摆在磨刀石上，然后嚓的一声把发髻上的象牙簪子拔出，她那乌黑亮泽的长发获得了解放，立刻瀑布似的散开。丢丢甩在脑后的长发，像一场意外的风沙，眯了齐小毛的眼睛，他哇哇哭起来。丢丢不顾儿子的哭叫，她用左手拈起一绺头发，右手拿起那把刀，只听唰的一声，手起刀落之际，那绺长发立刻被腰斩了。人群中发出阵阵惊叫。丢丢将切断的那绺头发摆放在磨刀石上，就像摆放战利品一样。那女人红了脸，立刻从兜里掏出两块钱，递给王老汉，在人们的嘘声中提起刀，回家了。而丢丢重新盘起头发，哄好齐小毛，快乐地上水果去了。

王老汉不仅带回了丢丢拔刀相助的故事，还带回了那绺头发。这事很快就传遍了老八杂，人们都说，半月楼这个新主人，真是侠义！

第二件让老八杂人啧啧赞叹的事情，是丢丢对金小鞍的教育。

金小鞍是陈绣的儿子，这对母子住在老八杂最破的两间房子里。陈绣给人做保育员，是个温存敦厚的女人。她男人死得早，她怕再嫁金小鞍会受欺负，一直守寡。陈绣对自己处处节俭，但她绝不让儿子受屈。金小鞍那时上中学，别的同学有的运动服，她会把艰难攒下的一点钱拿出，去买，而她自己一年从不添置一件新衣裳，夏季永远是一条蓝裤子和一件蓝白花的短袖衫，春秋是一条黑裤子和一件高粱米色的毛衣。到了冬天，她穿的则是一件土黄色的对襟棉袄。金小鞍嫌陈绣穿得寒酸，不愿意让她去学校，所以一到开家长会的时候，陈绣就得借衣裳穿。金小鞍上学这些年，陈绣几乎把老八杂那些年轻女人的衣裳借遍了。有一天，陈绣来水果铺，红着脸对丢丢说，我想借件衣裳穿，两天后就还。丢丢比陈绣高很多，她说，我的衣裳你穿了不会合身哪。陈绣说，没事，肥大的穿上宽松。丢丢打开衣橱，陈绣选中了一件紫罗兰色的绣花真丝开衫。丢丢取下它，说，你要是不嫌弃，这衣裳就送你了。陈绣急得眼泪快要出来了，她说，那我就不借了。丢丢赶紧说，好，那就只借你穿，别急着还。一周后，陈绣还回了那件衣裳。她一进门就跟丢丢道歉，说是那天穿着它挤公交车时，有个人挨着她吃雪糕，车到站台时，车子一晃荡，这人栽歪在她身上，雪糕掉在她怀里，把衣裳染污了。她怕在家洗不干净，就拿到洗衣店，所以衣裳还晚了。丢丢很想问她为什么借衣裳穿，但一想可能会让她难堪，也就罢了。有一天，裴老太来水果铺提起了陈绣，说是给她介绍了一个太阳岛上的打鱼人，这人死了老婆，带着个女孩，人好，经济条件也不错，可陈绣说是为了儿子，不想再嫁了。裴老太愤愤不平地说，陈绣为了那个金小鞍守寡，真是不值得呀！这个小狼崽子嫌她穿得不好，一到开家长会的时候，陈绣就得四处借衣裳，你说这样的孩子，将来能指望上吗？丢丢这才明白陈绣为什么朝她借衣裳穿。

有天晚上，丢丢买了一张京剧院的演出票，让齐耶夫抱着齐小毛去看戏。他们一走，丢丢就去找金小鞍。每天晚饭后，他都要在院子里戴着拳击手套打沙袋玩。丢丢对金小鞍说："水果铺飞进了一只麻雀，怎么也赶不走，你身手轻，帮阿姨个忙去吧。回来时我送你两个大鸭梨。"赶鸟是个有趣的活儿，再说还能白吃鸭梨，金小鞍高兴地答应了。

丢丢把金小鞍领到家后，说是水果架上的葡萄快卖没了，让金小鞍下窖帮自己取点上来。金小鞍听说过半月楼的地窖里藏着青龙，他太想下去看看了。丢丢打开窖门，举着手电筒，对金小鞍说，下去吧。金小鞍被一束明亮的光推动着，很快走到地下。他一下去就叫了一声，这里比花园还好闻哪。他的话音刚落，丢丢就把手电筒关闭，迅速地关上窖门，将事先准备好的一大块生铁压上去，然后抱起趴在水果铺上的悄悄，关掉一楼所有的灯，不让一丝光透到地窖中去，锁上半月楼，来到外面，在丁香树间散步。她想让金小鞍待在真正的黑暗中，不让他看到丝毫光明，也不让任何生灵给他带去生命的讯息，哪怕是一声猫叫。半个小时过去了，一个小时过去了，丢丢打开门，走了进去。她先没有把灯打亮，而是将生铁挪开，坐在窖门上。丢丢听见了金小鞍已经嘶哑的哭声。她问，金小鞍，你待在下面觉得怎么样啊？金小鞍抽噎着说，丢丢阿姨，我害怕，快让我上去，我肩膀疼啊，青龙在用鞭子抽我呀！丢丢说，青龙不打好人，知道你犯了什么错吗？金小鞍不语。丢丢说，一个孩子要是没了妈，就跟待在黑暗中一样！而有了妈呢，就是光明啊。有一天你妈要是不在了，你过的就是待在地窖中的日子！你不惜福，逼得你妈四处借衣服去开家长会，青龙不打你打谁呀！金小鞍说，我错了，我不愿待在黑暗里，我要妈妈呀。丢丢这才挪开窖门，让金小鞍爬上来。

从那以后，金小鞍就仿佛是脱胎换骨了，他变得勤快了，有好吃的东西总要往妈妈碗里夹，再开家长会的时候，他也不让陈绣借衣裳穿了。陈绣明白是丢丢帮助她教育了儿子，因为金小鞍的变化，是从去半月楼赶鸟的那个夜晚开始的。她左思右想，琢磨不出来丢丢究竟用的什么办法，才能有这种点石成金的神力。陈绣耐不住好奇，去问丢丢。当她听完事情的过程，吓得脸色煞白，一迭声地叫着"阿弥陀佛"，说是万一儿子被青龙甩出的鞭子给打死，她老了就没人给送终了。听得丢丢哈哈大笑，说，哪有那么神哪，窖里阴凉，又黑黢黢的，他害怕，一阵一阵发抖，感觉就是青龙在用鞭子抽他了。

陈绣感激丢丢，把此事告诉了老八杂栽种盆花的向大嫂。向大嫂的嘴巴就是一棵成熟了的蒲公英，嘴巴一动，消息的种子便撒遍了世界。没有多久，老八杂的人都知道此事了。他们把它跟丢丢帮助王老汉讨磨刀钱的事情联系到一起，都说她人住半月楼，是老八杂人的福气。

哈尔滨人因为受俄罗斯人的影响，至今仍然保留着野餐的习俗。每到夏季，日照时间长了的时候，一家人如果不出去野餐一次，就好像愧对了阳光和好空气似的。野餐的地点通常是太阳岛。去之前，一定要到秋林公司采买吃食，否则，野餐的风味将大打折扣。

秋林公司坐落在南岗东大直街上，是一座有着百年历史的巴洛克风格的建筑，旧时称"秋林洋行"，被誉为"远东第一店"。它像一本打开的书，比例对称。圆润的橄榄顶，柔美流畅的檐口，长条形高窗，整个建筑是灰绿色的，看上去端庄秀丽。秋林公司的大列巴、里道斯红肠、奶酪和酒糖久负盛名。大列巴就是大面包，它至今仍然采用传统的手工艺制作，用啤酒花做酵母，以白桦木来熏烤。这种面包外焦里嫩，风味独特。而里道斯红肠肥而不腻，它的熏制与一般的香肠不同，其配料至今仍是行业间的秘密。买上秋林的红肠和大列巴，再买上几瓶啤酒，野餐就是上讲究的了。如果再买上一些道外老字号"老鼎丰"的点心，提上一篮水果，野餐就是十全十美的了。

尽管太阳岛不断地被开发，林木和绿地在逐年减少，但它的空气和植被仍然是哈尔滨最好的，是一块休闲的宝地。每到夏季的周末，天气晴好的日子，一家又一家人或是驱车通过江桥，或是乘船横渡松花江，来到岛上，在林间草地铺上布，摆上大列巴和里道斯红肠，享受着阳光和美食。每年的夏季这样过了一天，秋风瑟瑟的时节，人们的心才不至于那么空空落落。

老八杂的人，夏季去太阳岛野餐的几乎没有。不是他们缺乏闲情逸致，而是这儿的人家境贫寒的居多，不舍得花钱游玩。就是舍得破费的，又舍不得时间。因为做小本生意的人大都不分星期礼拜，日日劳碌。丢丢了解到这些情况后，每年春末，都会在半月楼前的丁香树下，为老八杂的人搞一次野餐会。

哈尔滨开得最早的花，是鹅黄色的报春花。之后，便是粉红的桃花。桃花怒放的时候，丁香那麦穗般的花蕾就鼓胀了。桃花一谢，丁香花就登场了。这花吸纳的春光足，比报春花和桃花开得要长远。花色通常是紫色和白色的，香气蓬勃。丢丢的野餐会，会在丁香花快谢的时候举行，此时天暖了，坐在户外不觉凉。树下飘散着凋零的花瓣，树上未落的花瓣是丁香树最后的光明。丢丢会蹬着三轮车，亲自到秋林公司买来大列巴和红肠，再让齐耶夫去食杂店搬来几箱啤酒。野餐会都在晚上举行，那时在外面忙碌了一天的人陆续回来了。丢丢把大列巴装到藤条筐里，将红肠装在瓷盘中，再洗一些时令瓜果，分装到精致的碗碟中，一一摆在丁香树下。老八杂的人会提着板凳，乐陶陶地来赴会。他们来的时候，往往还带来自制的吃食：韭菜合子、鱼肠粥、煎饼卷葱、海带丸子、葱油饼、酱汁干豆腐、豆沙窝头、茶鸡蛋、五香花生、腌脆枣、炸茄合等。男人们坐在树下，喝酒划拳，谈天说地；女人们聚在一起，边吃边聊家常；孩子们呢，他们像松鼠一样，手中抓着吃的，在花树间窜来窜去地打闹着，把最后的那些丁香花碰落了。丁香花在这场野餐会中，也就彻底丢了魂儿了。

　　要问哈尔滨规模最大的野餐在哪里，它不在太阳岛上，而在老八杂半月楼前的丁香树下。每次野餐，男人们都会喝醉。他们歪歪斜斜朝家走的时候，会唱一路的歌。听了这歌声的老八杂，仿佛也跟着醉了。齐耶夫喝醉后，齐小毛就爱捉弄他。他把从马家沟河畔捉来的虫子，塞进他的领口，齐耶夫痒得抓耳挠腮的，齐小毛就会咯咯笑个不停。齐耶夫的童年是忧郁的，齐小毛的童年则是快乐的。也许是第三代混血儿的缘故，齐小毛生得格外精灵，团脸，黑而亮的眼睛，浓眉，黄皮肤，微微卷曲的黑发，如果不是他挺直的鼻梁和微凹的眼窝，根本看不出他具有俄罗斯血统。他对什么都好奇，比如他问齐耶夫，老八杂的人都是黑头发，爸爸的头发为什么是黄的？齐耶夫说，我用月光洗头发，把头发洗黄了。齐小毛就说，那我要是用早晨的太阳光洗头发，还不得长红头发呀！再比如他对丢丢说，我猜妈妈一定不会管家，丢了咱家好多好多的东西！要不妈妈的名字怎么用一个丢字不够，还得用两个呢？这时的齐耶夫和丢丢，就会被齐小毛逗得笑疼了肚子。

丢丢对她在老八杂的生活非常满足。她爱这里。这座米黄色的半月楼，这片葱郁的丁香树，这三根雕花的廊柱，这传说中栖居着青龙的地窖，这给她带来美好营生的水果铺，对她来说就是她身上的器官，难以割舍。在半月楼里，她能感受到婆婆的呼吸，能在风雪之夜梦见手持暖炉的母亲。她想在这里一直生活下去，直到白发苍苍，直到上帝伸出手来，把她从喧嚣的尘世接引到用云朵当被子的世界。可理智告诉她，这样的日子不会太长了。老八杂就像一个迟暮的老人，它的器官退化了，正在一天天走向衰朽。她似乎听到了推土机轰隆隆开进来的声音，看到了老八杂的房屋像败军的旗帜一样倒下，嗅到了呛人的尘土气息。她明白半月楼在老八杂人心目中的地位，它就像阵地的一座堡垒，如果它被攻克了，老八杂将会溃败。如果它能坚守，他们就不会像棋盘上被打乱了的棋子，失去了攻击力。

丢丢为了掌握更为翔实的半月楼的历史，特意在家中做了八个菜，温了一壶花雕酒，把经历过那个时代的四个老人请来，请他们讲述与半月楼有关的故事。这四个老人中的两个人，都像裝老太一样，讲到了舞女蓝蜻蜓的故事。

第五章　蓝蜻蜓

齐耶夫去红莓西餐店当厨，通常搭乘公共汽车。但每隔个十天半月的，他会步行一次，否则，就会像遭了大旱的禾苗，无精打采。

如果不拐弯抹角，从老八杂走到红莓西餐店，大抵要一个小时。但齐耶夫往往要绕道看看教堂，一个小时也就不宽裕了，常常要多花半个小时。

出了老八杂，沿着马家沟河岸向北，经过一条五百多米长的水泥甬道，就到了红军街。红军街不长，它连接着南岗的两条主干马路：中山路和西大直街。如果去道里，在红军街与西大直街相交的路口，就要往西南方向走。可是齐耶夫一走到那儿——喇嘛台遗址前，会不由自主地向北，也就是东大直街方向而去。走过两家快餐店，一家音像店，一家由电影院改建的演艺广场和邮局，就看见秋林公司了。尽管近些年新起的几家大商厦屹立在它左右，但它魅力依旧。那些高大的玻璃幕墙的大商厦就好像浅薄的摩登女郎，而它则像一个安闲地坐在草地上的牧羊姑娘，庄重典雅，朴素动人。每回走到这里，他都要站下，定睛看上一刻。从这儿向北，步行十多分钟吧，就可以看到圣母守护教堂和尼埃拉依教堂。这两座红色的教堂在东大直街的一左一右，如两盏相对着的灯，互相照耀。如灯的建筑想必是会发光的，一到这里，齐耶夫就觉得身上暖洋洋的。他会想起他的少年时代，想起母亲一次次带着他来这儿的情景。想起同学们都歧视他的时候，这些教堂带给他的慈母般的安慰。看过了这两座教堂，齐耶夫就像回了趟故乡，心也就安定下来了。他转过身，再回到喇嘛台的遗址前，向不远处的火车站走去。道里比南岗地势要低许多，所以从道里往南岗走，是步步高升；而从南岗往道里，则是一路走低。哈尔滨火车站旁的霁虹桥，就是一条连接着道里与南岗的巨龙。这桥有八十年的历史了，是钢筋混凝土的结构。桥下的柱子刻有狮子头像，铁栏杆上镶嵌着中东铁路的路徽标志。齐耶夫最喜欢的，是古埃及方尖碑的桥头堡，它们像一把把青色的剑，直刺天空。齐耶夫走到霁虹桥时，一定要停下来，俯身看看桥下。有时候正赶上进出站的火车穿行，汽笛声震得他耳鼓嗡嗡响，他本已安定下来的心就会躁动起来，有背起行囊上路的欲望，可又不知目的地在哪里，于是愁肠百结，泪水盈眶。

齐耶夫长大后，曾向母亲问起过自己的生身父亲，齐如云只是提醒他不要相信传言，不要以为她当年在舞会上是受了侮辱，才有了他。齐如云说，妈妈是不会让一颗恶种在身体里发芽的。齐耶夫明白，母亲是爱父亲的，她的爱实在太奇特了，昙花一般盛开，顷刻凋零。她为了这瞬间的美，枯守一生。随着母亲在半月楼的雕花廊柱前猝然倒地，齐耶夫明白自己的身世之谜永远不会解开了。当他看见丢丢为母亲穿上那条舞裙，看着母亲的肉体同裙子一起在火焰中盛开、化作灰烬的时候，齐耶夫泪如雨下。母亲去世后，他常去教堂流连，在那里，他似乎能感受到母亲的呼吸，能在那深沉的呼吸中隐约看到父亲的形影。教堂在他眼里，就是祖宗的坟墓。

齐耶夫成年后，喜欢结交与他有相同血缘的人，仿佛是寻根溯源，认祖追宗。留在哈尔滨的俄罗斯人，有老有少。少的多数像他一样，是一些被当地人称为"二毛子"的混血儿；老的基本是血统纯正的俄罗斯人，他们中既有十月革命后逃难出来的白俄，也有中东铁路开通后过来的商人。如他这般年龄的混血儿，大都是这样的老人与哈尔滨的姑娘结缘后生下的孩子。中东铁路开通后，俄国人就从铁路线上，源源不断地把本国的产品倾销到东北，纺织鞋帽、钢材水泥、药品食品，无所不包。那时中东铁路的沿线，经营俄国商品的店铺可谓遍地开花。他们在输送本国商品的同时，又用低廉的收购价，将东北的煤炭、粮食、林木等产品大批大批地运往国内，东北无形中成了俄国人在外贝加尔和乌苏里地区驻军给养的供应基地。哈尔滨的史学家们，在论及哈尔滨开埠后的繁荣的时候，都会提到那一时期俄国人对东北经济的垄断。这让齐耶夫觉得脸红，因为他的祖先在帮人做事的时候，又干了顺手牵羊的事情。

　　齐耶夫与这些俄罗斯血统的朋友，每年都要聚会一到两次。他们的聚会不像老八杂的人在半月楼前的聚会那样，是那么的放纵和快乐。这些失去了根的人，在发出笑声的同时，眼睛里却流露着惆怅。这些人中，齐耶夫和尤里的关系最为密切，虽然他们年龄差距大，但是相似的出身却把他们紧密地联系在了一起，让他们的心彼此靠近。尤里比齐耶夫大接近二十岁，二十世纪三十年代末的一个夏日，三个月大的他被遗弃在道里凡达基西餐厅的门前，被一个扫街的女人捡得。尤里的兜里揣着一张字条，记着他的出生年月，并简单注明他的生父是俄国人，暴亡；生母为中国人，病故。扫街的女人看这混血的男孩生得可爱，就把他抱回家抚养。尤里长大后，曾向养父养母询问自己的身世，他们便把那张泛黄的字条取出来，说是只知道他父亲是俄国人，至于他是做什么的，真的很难猜测。也许他是个商人，也许是个搞音乐的人，因为那个年代来哈尔滨教音乐的人很多。但从"暴亡"一词来分析，尤里的父亲又可能是个专门勒索绑架那些有钱的中国人的俄匪。沦落为匪徒的俄国人不只一绺，所以各帮派之间常有械斗，暴亡之事时有发生。尤里因为自己的身世之谜，一直深深痛苦着，终身未娶。他有时把自己想象成音乐人的后代，血液里洋溢着浪漫和爱的因子，那时他会快乐一些；有时又认为自己是匪徒的儿子，血管里流淌着罪恶，就会让他觉得浑身肮脏。还有的时候，他觉得自己可能是传教士的后代，不然他为什么不能光明正大地活着，要遭遗弃？这样想的时候，尤里就会闭上眼睛，叹息着叫一声"上帝呀"。尤里不像齐耶夫，喜欢那一条条伸向远方的铁路；尤里憎恨铁路，他想如果没有中东铁路，他的父亲就不会来到这片土地，不会有他，不会有伴随他一生的困惑和苦恼。所以他每次经过霁虹桥，俯身看到桥下纵横交织的铁路线的时候，就会紧握双拳，瞪着眼睛，如同一头愤怒的狮子。而当他走在街上，无论哪一个在年龄上可以做他母亲的女人多看了他几眼，他就疑心他的生身之母并没有病死，她正在暗中打量着他，这让他痛苦不堪。

尤里是公交车司机，年轻时在道外开有轨电车，中年以后在道里开无轨电车。他退休后，联运汽车和双层的空调巴士才在哈尔滨兴起。现在有轨电车已经消失了，可尤里在午夜梦回时，常能听见有轨电车摩擦着钢轨的吱嘎声，看见架空的电源线在空中擦出的白炽的火花。

尤里三十岁时，养母去世了。尤里五十一岁的时候，养父在生命的最后时刻，把家中唯一的房产分给了他，说是尤里有个单独的窝，就能娶上老婆了。这惹得养父的三个亲生儿女对尤里充满敌意，不与他往来。所以养父养母不在以后，尤里觉得自己又一次沦落为孤儿。他不想闲在家里，就用积蓄在透笼街市场租了间铺子，卖糖炒栗子。他住在九站，从那里去透笼街，他总是步行，因为沿途可以欣赏松花江的风景。他每次路过红莓西餐店时，都要停下来，看齐耶夫在不在。

每年的圣诞节，都是哈尔滨的西餐店生意最红火的日子，没有一家西餐店不是爆满的。但齐耶夫那天晚上一定要休息，跟尤里一起度过。虽然西餐店老板百般不乐意，但又不能不尊重他。店面在那一天不能关张，只能花大价钱请人临时帮厨。所以冲着红莓西餐店菜肴来的老主顾，都会抱怨圣诞节时，店里的菜的味道大不如从前。

齐耶夫和尤里在圣诞节的晚上，会先找家浴池痛快地泡个澡，然后穿得暖暖和和的，穿越冰封的松花江，到江北渔村的小酒馆享受一番。他们不喜欢市区的大饭店和酒楼，它们太喧闹了。江北人烟稀少，那些小酒馆店面不大，装饰简单，但很温暖，有家的感觉。他们会要上一锅热气腾腾的得莫利炖鱼，再配上几个小菜，炝土豆丝啦，蒜泥茄子啦，五香豆干啦，腌萝卜皮啦等等，叫上一瓶温过了的北大仓酒，惬意地吃喝。他们平素也常见面，但一年中只有这次见面是最美好的。他们只是相对着喝酒，并不讲什么，偶尔笑笑。其他客人从他们脸上平和的表情中，可以深切感受到那种相知的默契。若是菜可口，添酒就是必然的了。他们尽兴而归时，通常是子夜时分了。他们相互搀扶着，再次穿越覆盖着冰雪的松花江。走到江心时，他们会在冰面坐上一刻，抬头望望星星。有一年，他们抬头望天的时候，发现星星不见了，不久下起雪来。尤里在飞雪中哭了，齐耶夫也哭了。那是两个男人第一次听到彼此的哭声。

如果不是尤里把罗琴科娃介绍给自己，那么齐耶夫的生活将会是平静的。他爱丢丢，爱齐小毛，爱老八杂，爱他们的家。可就在丁香花开的时候，尤里为了给罗琴科娃多找一份工作，把她带到了红莓西餐店，齐耶夫见着她的时候，眼睛仿佛被刺痛了，因为罗琴科娃分明就是一道雪亮的阳光。

黑龙江与俄罗斯接壤，近些年随着黑河、满洲里、绥芬河等口岸的开通，来哈尔滨做生意的俄罗斯商人多了起来。一些漂亮的俄罗斯小姐，在哈尔滨的很多高档酒楼为客人表演俄罗斯歌舞，以此赚钱。按尤里的说法，有些小姐暗中也是卖身的，与过去的舞女没什么两样。

尤里是在透笼街市场卖栗子时认识罗琴科娃的。她很喜欢吃糖炒栗子，每隔两三天，罗琴科娃就来了。虽然市场卖栗子的有好几家，但她只买尤里的。尤里明白，这个俄罗斯女孩主要是冲着他的二毛子血统来的。罗琴科娃成了尤里的老主顾后，有一次尤里收摊早，就一路走着跟她聊天。罗琴科娃说，她的家在圣彼得堡，父亲是一所大学的音乐系教授，母亲是眼科医生，她有三个姐妹。以前他们的日子过得还不错，可是苏联解体后，父亲的薪水减少，母亲失业，一家人的生活便陷入窘境。她上大学时，听说她所学的专业来哈尔滨谋生会赚到钱，就选修了汉语。受父亲影响，她五岁时就开始学习小提琴了。尽管她毕业时小提琴的技艺和表现力让专业剧团的演奏员都为之叹服，但她还是没能找到工作。罗琴科娃来到了哈尔滨，在井街租了一套一室半的旧房子。她白天练琴、学汉语，晚上则去两家西餐店拉小提琴，直到夜深才归。她每天可以赚到四百元，一个月就是一万二，除去房租、水电煤气的费用，起码能剩八九千块钱，完全可以接济家里了。而她的父亲在大学，一个月拿到的薪水不过八九千卢布，还不到三千人民币呢。罗琴科娃跟尤里说这一切的时候，神情是欢快的，自豪的。她喜欢哈尔滨，尤其喜欢中央大街，每当她想家的时候，就会去那里走走，然后找家咖啡店，喝上一杯。等她再回到街上的时候，心里就踏实了，好像是回了趟圣彼得堡。

罗琴科娃每天工作四个小时，晚上六点到八点，她会在南岗的一家西餐店拉琴，结束后要立刻赶回道里，八点半到十点半，她会出现在松花江畔的另一家西餐厅。罗琴科娃很遗憾地对尤里说，她的两份工作都在晚上，要是能在白天谋到一份工作，那就更好了。尤里说，我有一个好朋友，是红莓西餐店的大厨，我领你去见见他，让他跟老板说说，看看中午时能不能去他们那里。中午吃西餐的人也不少哇。罗琴科娃并不抱很大的希望，她说，人们还是喜欢晚上听琴，琴声在夜色中才美呀。但尤里还是把罗琴科娃带到了红莓西餐店。

齐耶夫在哈尔滨的街头，无数次地看见过俄罗斯女郎，但他并没有特别的感觉。可是他第一眼看见罗琴科娃，就像他初次见到丢丢一样，就被她的气质打动了。罗琴科娃中等个，偏瘦，白皮肤，灰蓝的眼睛，长长的睫毛，浅黄色的头发。她的五官给人一种飞扬的感觉，眼角、鼻子、唇角都微微翘着，看上去朝气蓬勃，俏皮动人。她刚刚二十三岁，就像一只刚摘下来的梨，似乎轻轻地用指甲划一下，就有甘甜的汁液流出来。齐耶夫跟老板讲了罗琴科娃的情况后，老板答应可以让她午间过来，先试用几天。罗琴科娃大喜过望，她像小鸟一样蹦起来，吻了尤里，又吻了齐耶夫。她说试用期她分文不取，只当练琴了。只用了一周的时间，罗琴科娃就用她温柔的琴声，在阳光最灿烂的时刻，征服了那些来红莓西餐店的顾客，使这个店正午的营业额直线上升，老板非常高兴，他让罗琴科娃每天中午来工作两小时，付给她一百元的报酬。虽然比别处少，但她每天可以享用免费午餐。

罗琴科娃每天十一点就背着琴来了。她来了后会先到员工休息室，换上裙装，再梳洗一番，然后就开始工作了。红莓西餐店不设包房，只是一个一百多平方米的大厅，放置着二十多张餐桌。由于厅里竖着六根银白色的大理石柱子，它们在有意无意间，等于把空间给区分开来了。罗琴科娃喜欢一边拉着琴，一边在这几根柱子间穿行，这时的她看上去就像一只在林间快活穿梭着的小鸟。到了午后一时，罗琴科娃收了琴，换下裙装后，会坐在临窗的一张餐桌前，叫她的午餐。她从不因为老板让她免费享用午餐而叫奢侈的菜，她一般只点一份红菜汤，一份面包配两片火腿；要么就是一杯咖啡配一小盘酥炸鸡蛋卷。齐耶夫看不过去，有一次他出钱，特意为她做了一道红汁骨髓，说是她太瘦了，让她补补身子，罗琴科娃看着那道菜，泪珠噗嗒噗嗒地落下来。

丁香花快谢的时刻，有一天罗琴科娃结束工作，用过了午餐，见齐耶夫也忙完了店里的活儿，就约他去她租住的小屋坐坐。去的路上，齐耶夫说要给她买点水果或是鲜花，罗琴科娃咯咯笑着说，你帮我找了这份工作，你要是给我买一斤苹果，我就得给你买两斤哪；你要是给我买一枝花，就是让我给你买两枝呀！她这可爱的逻辑推理把齐耶夫逗笑了，打消了给她买礼物的念头。

齐耶夫进了罗琴科娃的小屋后，还没有来得及打量一眼屋子，罗琴科娃放下琴，就朝他扑过来，踮起脚，紧紧地搂着他的脖子，吻他，把他吻得热血沸腾。如果说先前他是一块生硬的面团的话，那么罗琴科娃的吻就是酵母，把他发酵了，齐耶夫血流加快，呼吸急促。罗琴科娃把他引到床前，脱掉衣服。齐耶夫拥抱着她光滑柔韧的身体的时候，感动得哭了。她的脸是那么的光洁，就像俄罗斯的白夜；她的腿是那么的灵动，如流淌在山谷间的河流。齐耶夫突然有了回家的感觉，他这些年所经受的委屈，在那个瞬间，涣然冰释。他俯在罗琴科娃身上，就像匍匐在故乡的大地上一样踏实。他从来没有那么忘情和持久地要过一个女人。那个午后，齐耶夫这团刚发酵起来的面团，被罗琴科娃那双年轻而活泼的手给揉搓得从未有过的蓬勃，罗琴科娃用她胸前的火，让他新鲜出炉，齐耶夫仿佛被熏烤成了一个散发着诱人香气的大列巴。

齐耶夫虽然爱恋罗琴科娃，可他也喜欢丢丢。每次与罗琴科娃有了那种事情，他午夜回家时，对妻子就有愧疚感，待她也就格外温存，所以丢丢并没有察觉到丈夫的情感生活发生了变化。可齐耶夫很快发现，罗琴科娃并不仅仅是和他在一起。有一天下午，齐耶夫想她想得厉害，就没有打招呼，径自去了她那里。待他敲开门后，发现里面有一个年轻的小伙子。这让他很自卑，自己毕竟比罗琴科娃大二十多岁呀。小伙子离开后，齐耶夫觉得辛酸，就抱着罗琴科娃哭了。罗琴科娃坦白地告诉他，那个小伙子是出租车司机，每天晚上，他都会接送她往返于南岗与道里的西餐店，她喜欢他。齐耶夫痛心地说，你究竟喜欢哪个男人哪！罗琴科娃用无邪的眼神看着他，认真地说，有时我就喜欢一个，有时一个不喜欢，有时呢，又喜欢两个，就像现在！她的回答让齐耶夫哑口无言。也就是那次，齐耶夫跟罗琴科娃讲了自己的身世，想让她理解自己为什么那么依恋她。罗琴科娃笑了，她说一个人来到这个世上，就是要快乐的，你怎么来的还有什么关系呢？只要快乐不就好吗？她还说，听她父亲讲，她祖父在二十世纪五十年代也曾作为援建的专家来过哈尔滨，那时她爸爸才十一岁。中苏关系破裂后，她祖父返回苏联，从此就与妻子分开了。祖父郁郁寡欢，不久就离开了人世。家人都猜测他在哈尔滨爱上了一个姑娘，思念成疾。罗琴科娃跟齐耶夫开玩笑说，也许你就是我祖父的儿子呢！那我们就是亲戚了！她这番话让齐耶夫胆战心惊的。齐耶夫想，如果罗琴科娃的祖父真的就是母亲终身爱恋着的男人的话，他和罗琴科娃在一起，就是罪恶呀！齐耶夫忧心忡忡，他再也不能接触罗琴科娃的肉体，而且，他也受不了她的琴声。每当他在灶房听见西餐店里回荡的琴声，就头痛欲裂。那天中午，他听着罗琴科娃的琴声，突然昏倒在灶台下。他苏醒过来的时候，发现自己正躺在救护车里，罗琴科娃泪水涟涟地守护在他身边。齐耶夫知道自己病在哪里，救护车停下来后，他坚持着不进医院，而是打了一辆出租车回家。他在离开罗琴科娃的时候说，你的琴声像刀子一样，每天都在刺出我心中的血呀。罗琴科娃说，那我就不到你那里工作啦。

那天中午，昏倒后的齐耶夫回到家，看到丢丢坐在水果架下怀中揽着书的慵懒姿态，他是多么想扑到她怀里哭上一场啊。他爱丢丢，爱这个无私的女人。当他从地窖中提着啤酒上来的时候，他多想跪在她面前，向她忏悔这一切，可他怕失去丢丢。他心乱如麻，去找尤里诉苦。尤里安慰他说，你没错误，罗琴科娃也没错误，错误的是上帝呀！

罗琴科娃果然不来红莓西餐店了，没了她的琴声，齐耶夫虽然不头痛了，可是从此以后，他觉得正午是那么的黑暗。他连续多日步行上班，绕道去拜谒教堂，想抚平心中的创伤。可是每当他走到教堂的时候，耳畔就会回响起罗琴科娃的琴声。

丢丢将半月楼的材料整理出来，打印多份，提交给了相关部门。一周后，几个部门组成了联合调查组，对半月楼进行考察。对于这栋位于老八杂中心的残楼，大多数人都认为它没有保留价值。有一个年龄很大的学者用不屑的眼光扫了一眼半月楼，又扫了一眼它的主人，用教训的口吻对丢丢说，一个旧时代的舞场，就是妓院哪，这有什么历史价值呢？你在材料里反复提到一个叫蓝蜻蜓的舞女，说她多么爱国，多么恨日本人，我就不相信，一个舞女能有多高的情操！丢丢很生气，她说通过对老八杂的老人的调查，证实这家舞场确实有个叫蓝蜻蜓的舞女，她曾经用舞裙杀死过日本鬼子，日本人恨她，最后把她弄到细菌部队，做了活人实验材料！学者说，哈尔滨的抗日史我无所不知，一个马市中的舞场，就是让人醉生梦死的地方。幸亏这样的地方少，不然还真亡了国了！要是半月楼不拆，什么传说都没有；它一倒，怎么就飞来这么一只蓝蜻蜓了呢？显然是杜撰！丢丢言辞激烈地回敬道，按你的说法，当年我党的那些地下工作者都是软骨头了?!学者被噎得瞪了丢丢一眼，不再说什么。

调查组的人在半月楼里上上下下地转来转去的时候，老八杂的住户聚集在门外，按照丢丢的安排，准备反映老八杂的动迁标准不合理的问题。丢丢想好了，如果半月楼不保，老八杂烟消云散，它也要谢幕得隆重些，不能这么草率，她要为老八杂的人争取到最大的利益。所以当一行人带着例行完公事的轻松表情走出半月楼，要打道回府的时候，才发现他们已经被悄悄包围了。调查组的成员构成包括开发商，他一看到半月楼外老八杂人那一张张被阳光暴晒得黑黢黢的脸，就有中了埋伏的感觉，一脸苦相，好像老八杂的人手中都握着一把小刀，要割他的肉。

尚活泉首先开口，他说开发商收取花园、游泳馆、车库等小区"增容费"，是不合理的。他说，这东西都是给富人享受的，我们哪用得起呀！接下来，吴怀张抱怨不该一律盖高楼，说是人不接地气不会长寿。陈绣呢，她的儿子金小鞍刚上大学，她说供个大学生已经让她负担不起，如果回迁再交纳两万块钱，她就得砸骨头了。开书亭的王来贵插言说，你砸骨头也没用，砸不出钱来，我看你卖身得了，来钱快呀！大家笑起来。裴老太说，我现在每天都在自家小院练秧歌，我进了高楼，就得在阳台上扭，下面的人看见，还不得以为我是疯子呀！大家你一言我一语，虽然诉说的也都是苦恼，但总是切不中要害，让丢丢有些着急。幸好彭嘉许开口了，否则人们对动迁问题的反映，很可能演变成为一场闹剧。

彭嘉许四十多岁，平素言语不多。他以前是齿轮厂的车工，厂子破产后，他开起了出租车。有天晚上，他遭遇劫匪，死里逃生后，他妻子说就是穷死，也不能让他再干这个活儿了，于是他就开始做小买卖。彭嘉许好琢磨，有一天他蹲在鱼市与人闲聊，看见卖活鱼的人在杀完鱼后，将鱼肠全都当垃圾扔了，想起童年时吃鱼肠的美妙，就捡了一袋鱼肠回家，将它们剖开，洗净，想用辣椒炒鱼肠。就在鱼肠快下油锅的时候，他突发奇想，何不用鱼肠做粥呢？于是，他把油锅撤下，放上闷罐，添足水，洗了两把大米，把鱼肠切碎，一同下到里面。煮了半个小时后，大米鼓胀了，鱼肠的鲜味也浸润在粥里了，彭嘉许将粥放上盐，又切了点胡萝卜丁放进去，再煮个十分八分的，火一关，鱼肠粥就妥了。彭嘉许喝了一口，就被它的鲜香气打动了，他老婆也对这粥赞不绝口。于是，夫妻俩动了做鱼肠粥生意的念头。他们先试做了几次，让老八杂的人分批来家品尝，得到肯定的答复后，生意就开张了。他们每天早晨到鱼市去收鱼肠，回家后把它们清洗干净，开始煮鱼肠粥。中午时，彭嘉许就能蹬着三轮车去叫卖了。一碗鱼肠粥两元钱，一个五十厘米高、四十厘米直径的圆形铁皮罐，能盛约五十碗的鱼肠粥。除去柴米费，一天少说也能剩六七十块。彭嘉许的鱼肠粥很受欢迎，按修鞋的老李的说法，装满鱼肠粥的罐子在出门时是一个满脑袋杂念的俗人，而回家时腹中空空的它就成了佛了。

丢丢也喜欢喝鱼肠粥，不过自从出了那件事后，她就断了这念想，不喝了。三年前的一个冬日午后，水果铺生意寡淡，屋子里烧得暖洋洋的，丢丢靠着壁炉前的雕花廊柱，打起了瞌睡。她睡得实在太沉了，彭嘉许推门而入，她竟然毫无察觉。他在她面前站了多久，她并不知晓，总之，他用手抚摩她的脸颊时，她醒了。丢丢没有责备彭嘉许，只是问他买什么水果，彭嘉许张口结舌地说，我舌头烂了，想吃点梨。丢丢起身取了一个纸袋，装了几只梨给他，说，我看你不是烂舌头了，你是烂心了！彭嘉许红头涨脸地说，我刚才就像是路过苹果园，看到有只苹果长得好，忍不住上前摸了一把，并没有摘果子的念头哇。丢丢觉得这解释风趣，笑了。从这以后，彭嘉许不来水果铺了，而丢丢无论多么馋鱼肠粥，听到叫卖声，也会把口水咽回去。这两年的丁香花会上，彭嘉许都要喝得酩酊大醉，他酒后的歌声听起来就像害了牙疼，哼啊哼啊的。

彭嘉许对调查组的人说，我们老八杂的人虽然文化不高，没有做过大买卖，但也算是生意人吧。生意人最讲究什么？买卖公平啊。谁要是强买强卖，那不跟强盗一样吗？政府给我们改善居住条件，这是好事，但你们没有征求大家的意见，就贴出了动迁补贴的标准，让我们七月底前必须迁出，这难道不是强买强卖吗！我看我们老八杂的人可以进行一下现场表决，同意现行动迁标准的，就请离开半月楼；如果不同意的，就留在这儿，在我起草的情况反映书上签个名，按个手印。彭嘉许的这番话入情入理，慷慨激昂，使现场气氛活跃了，人们簇拥在他身边，纷纷签名，按上手印。

当彭嘉许把签好名的意见书递交给调查组的领导时，老八杂的人发自内心地为他鼓起了掌。彭嘉许又指着半月楼说，我父亲在世时，说起过这栋楼，这里虽然是舞场，常有日本人来这儿寻欢作乐，但这里有一个舞女很爱国，她的艺名叫蓝蜻蜓，传说跟她跳过舞的日本人都会死，可惜这楼失火后烧掉了一半。要是这房子能保留下来，是有纪念意义的呀。如果房子留不下，我看丁香树是不能砍的，这片丁香多茂盛，在哈尔滨也少见哪！这小区不是要建花园吗？这就是现成的丁香园哪！

彭嘉许讲完，胆怯地看了丢丢一眼。丢丢觉得眼睛发潮，她低下头来。

那几页签着老八杂人姓名、缀着一颗颗红樱桃似的手印的意见书，在半个月后果然收到了成效：开发商同意取消小区设施"增容费"，并把动迁补贴标准提高到每平方米二千八百元，老八杂的人大喜过望，没人再抵触动迁了。遗憾的是半月楼最终还是被判了死刑，调查组的人一致认为，半月楼是栋残楼，而且又是旧时代的舞场，没有保留价值。但丁香丛留下来了，它将成为老八杂唯一幸存下来的活物。如果没有它，丢丢可能就不会回迁了。

开发商再次贴出了告示，限老八杂的人在八月十四日之前，必须迁出。逾期不迁，后果自负。工程将于八月十五日早晨准时开工。

老八杂的人开始忙活了。那些不想回来的住户，领了动迁费后，四处看房子，他们大都盯着那些便宜的二手房，这样买了房子后，手里还会有剩余。要回迁的，也收拾家当，准备着租房或是投亲靠友。老八杂这下更乱了，拆卸东西的尘土漫天飞扬，搬家的车辆拥堵在狭窄的巷子中，嘀嘀嘀地按着喇叭，互不相让。老八杂人搬家的物品让搬家公司的人以为自己的车辆变成了废品收购车，那上面有锔过的水缸，生锈的痰盂，糟烂的床板，被虫蛀的木箱，破烂的自行车，用旧衣服自制的拖把，掉了漆的桌椅，等等。那些吃拆迁饭的捡破烂的人，都忍不住骂老八杂的人：一群守财奴哇！

　　还没等丢丢去租房子，王来惠有天早晨开着车来到老八杂，递给丢丢一串钥匙，告诉她已经帮她把房子租好了。她说从报上看到老八杂即将在八月十五号开工的消息了。房子离齐小毛上学的学校只有一站地，三室一厅，五楼，朝阳。王来惠把两年的房租都付了。丢丢很感激她，但执意要把房租钱还给她。丢丢在经济上虽然不能跟王来惠比，但在老八杂也算是个富户了。她的水果铺一直盈利，齐耶夫在红莓西餐店的收入也不算少，再加上一直对外出租着的父母遗留下来的靖宇街的楼房，他们的生活是宽裕的。王来惠一听丢丢要还她钱，急了，说丢丢没有把她当姐妹看，若丢丢真那样做，她也不开三瓣花风味小吃店了，她要去干娘的坟旁搭顶帐篷，睡在那里，陪干娘算了。丢丢只能领情，她知道，王来惠是想尽一切办法，要报答母亲当年对她的恩情。每年的清明和小年，她都要带着儿子，去给干娘和傅铁上坟。这么多年，她仍然是孤身一人。丢丢劝她找个伴儿的时候，她总是说，算了，不缺吃不少穿的，找不好可能还是个累赘。再说自打跟了傅铁后，我见了别的男人一点胃口都没有，看来生死都是他的人了。

丢丢并没有急于搬家，老八杂的人见她依然有板有眼地过着日子，都说，丢丢，你找下房子了吗，什么时候搬哪？丢丢说，找下房子了，拆迁前搬。别人都知道，丢丢是舍不得离开半月楼，能多住一天是一天哪。齐小毛放了暑假，他迷恋上了蝈蝈，茶盅那般大的竹编蝈蝈笼，他买了十几笼，吊在窗下。每天早晨，人还没醒呢，蝈蝈就叫上了。那叫声让丢丢十分伤感，只有到了半月楼的蝈蝈，才会有这么亮堂的嗓子呀。

很快就是八月上旬了，老八杂的人几乎走空了，丢丢这才收拾东西，做搬家的准备。有天晚上，齐小毛睡了，丢丢因为多喝了几杯酒，兴奋得睡不着，就靠着壁炉前的廊柱，看婆婆遗留下来的一沓信。信大都是齐耶夫幼时被送到双城时，婆婆与那儿的亲戚的通信。亲戚们在信里写的都是小齐耶夫的情况，什么时候又长了一颗牙，什么时候要学走路了，等等。但有一封信例外，它不是双城来的，信封下角只注明"本市、内详"四个字。丢丢觉得奇怪，抽出信，原来是一首打油诗：齐如云，大蠢猪，把美腿，填火坑！生个妖怪齐耶夫，没人爱来没人疼！咳，没人疼！

丢丢看到"生个妖怪齐耶夫"一句，忍不住乐了。这信虽然没有落款，但她明白发信人就是婆婆跟自己讲过的李文江了。婆婆说，这辈子最对不起的人，就是他了。那一刻，丢丢突然有了要去寻找他的念头，如果他还活着，也是个白发苍苍的老人了。

丢丢刚把信放回信封，门开了，是彭嘉许来了。丢丢问，你不是已经搬走了吗？怎么又回来了？彭嘉许说，我想看你这儿还有没有梨，我买别处的，吃了不对味呀。丢丢笑了，起身走到水果架前，说，我也快搬了，就剩这点了，你凑合着吃吧。丢丢拿了一只果篮，把梨子装进去，递给彭嘉许。彭嘉许说，我看你很喜欢这几根廊柱，要不我帮你把它锯掉，先放到别处，等将来搬到新房子时，用它们做装饰，也算还有点半月楼的影子呀。他的话音刚落，丢丢就叫着，不能，我绝不能把半月楼的美腿给锯断哪！彭嘉许叹了一口气，提着果篮走了。丢丢望着他的背影，怅然若失。

丢丢收拾停当东西后，把那页老八杂人为水果铺编的歌谣小心翼翼地揭下来，读了一遍，便流下了泪水，好像读的是悼词。她把它与婆婆遗留下来的信放在一起，作为永久的珍藏。她已经托人打听到了李文江老人的消息，他仍活着，但身体很差，与儿子一家住在一起。丢丢觉得在离开半月楼前，必须做的一件事就是探望老人。她到欣利来蛋糕店定做了一个蛋糕，又到体育用品商场买了一个适合老年人用的电动按摩洗脚盆，打了一辆出租车，按照别人提供给她的地址，找到了位于太平花卉市场附近的一座八层的楼房。

这楼半新不旧的，临街，很多进出哈尔滨的大型货车从此经过，很吵闹。李文江一家住在四楼。这是上午的时光，知情人告诉他，这时候李文江的儿子和儿媳妇都在上班，孙子也在上学，所以家中只有老人。丢丢按了很久门铃，才听到有脚步声缓缓地响起，脚步声消失的时候，她听到了沉重的喘息声。一个沙哑的声音随之响起：谁呀？丢丢说，李伯伯，我叫丢丢。我想来看看您。李文江隔着门说，我又不认识你，现在打劫的多，我不能开门。丢丢急了，她大声说，我是齐如云的儿媳妇，齐耶夫的妻子，您就开开门吧。

寂静了片刻后，门缓缓地开了。站在丢丢面前的是一个瑟缩的老人，他在夏天还穿着秋裤，浑身颤抖着，呼哧呼哧地喘着粗气。丢丢进了屋子，换上拖鞋，跟着老人来到他的屋子。

那屋子只有十平方米左右，一张床和一个衣柜把空间已经占得差不多了，再加上一把破烂的转椅放在床边，屋子简直无从下脚了。老人将丢丢让到转椅上，自己坐在床头。丢丢先是问了问他的身体，老人说，你也看到了，我都糟烂了，一身的病，阎王爷八成是看我长得丑，也不待见我，害得我还得在人间遭罪！丢丢笑了。老人说，你都不用告诉我，我知道那个女人没了！我在梦里梦她多少回了！要说呀，我这辈子，被她坑得也不轻啊，可我在梦里见了她，也恨不起来！丢丢赶紧说，我今天来，其实就是想帮婆婆捎个话，她活着时跟我讲过，她这辈子最对不起的就是您哪！李文江老人听到这里，嘴唇哆嗦了许久，可他一句话也说不出来，最后他蒙着脸哭了。他对丢丢说，我后娶的老婆子对我虽然也好，可我跟她过了一辈子，直到她死，我也没忘了你婆婆！现在想来，你婆婆是个刚强的女人哪。老人哭了一刻，又问齐耶夫怎么样，丢丢简单说了一下家中情况，不想惹老人过度伤心，起身告辞。李文江在送丢丢出门的时候，突然颤着声说，你再给你婆婆上坟时，先跟她说一声，我不记恨她了，等有一天我也去了那儿，再亲口告诉她。

丢丢出了李文江的家门，打了一个激灵，好像缠在她身上多日的一个鬼抽身离去了，令她无比的轻松。

八月十三日的晚上，天下着小雨，丢丢靠着已经空空荡荡的水果架，闷闷地喝酒，这是她在半月楼度过的最后一个夜晚了。正伤感着，只见齐耶夫从楼上匆匆下来，他挪开窖门，也没打手电筒，摸着黑就往下走。丢丢说，地窖里什么都没有了，你下去做什么呀？齐耶夫不语。丢丢觉得奇怪，就跟了过去。齐耶夫很快下到窖底，他对丢丢说，我好不容易等到小毛睡了。明天就该搬家了，离开半月楼前，我有件事情要跟你说。丢丢说，你说事情在上面说不是一样吗？齐耶夫带着哭腔说，有灯光我张不开口哇。丢丢预感到，齐耶夫要在黑暗中说的事情，与女人有关了。

齐耶夫就像一个话剧演员，开始在地窖中声泪俱下地、大段大段地念着独白。丢丢知道了一个叫罗琴科娃的女孩，知道了她的小提琴声，知道了丈夫拥抱着她时的那种仿佛踏上了故土的感觉，知道了他怀疑她与自己有血缘关系的那种内心的羞耻，知道了他正在为对丢丢和罗琴科娃的双重的爱所受的折磨。丢丢只觉得心仿佛被人剜了似的痛，她想哭，却哭不出来。齐耶夫的漫长的独白终于结束了，他沉默着，等待丢丢的裁决。丢丢说，下面那么冷，你上来吧。齐耶夫说，我对不起你和小毛，你要是不原谅我，我就死在这里，让它做我的坟墓！丢丢说，你现在愿意爱两个人，就爱吧！有一天你不想爱两个人了，那就爱一个！不管最后我是不是落到你手里的那个爱，我都爱你！

齐耶夫腿软着，他几乎是爬着上来的。一上来，他就扑在丢丢怀里，像孩子一样委屈地哭着，一声声地叫着，啊——丢丢，啊——丢丢——

八月十四日早晨，丢丢一家要离开半月楼的时候，突然发现悄悄不见了。一家人楼上楼下地找了个遍，也没见它的影子。丢丢坐在搬家的车辆上时，心底的失落感也就更加强烈了。

他们是老八杂最后迁出的人家。一些住户为了得到些木板做烧柴，已经把房子自行扒掉了。这里到处是废墟，垃圾，好像战争中被轰炸过的一个小村庄，冷冷清清，满目疮痍。丢丢想起这里以前的生活景象，想起丁香花会，想起夜晚时回到老八杂的男人们酒后的歌声，泪水悄然滑落下来。

八月十五日早晨，三辆坦克似的推土机，轰隆隆地同时开进老八杂。它们最先要铲掉的，将是半月楼。当它们齐头并进着向它围攻，对准它苍老的肌肤准备下口时，其中正对着门的那辆推土机的司机，忽然发现近在咫尺的门突然开了，一只黑猫旋风般地飞起，撞上来！跟着，又飞出一个身着蓝色衣裙的高个子女人！司机来不及刹车，眼睁睁地看着那扇高昂着的雪亮的铁铲切向他们。那个女人在飞起的瞬间，腿像闪电一样在半空中画出一道妖娆的弧线。她轻盈得简直就像一只在水畔飞翔着的蓝蜻蜓。

第六章　雪中莓

掩埋一个深入人心的地名，跟掩埋一个受人爱戴的人一样，是很难的。尽管老八杂已经烟消云散，但它的魂灵还在。两年之后，那些陆续回迁到这里的老住户，在跟搬家公司预约的时候，在单子上填的不是"龙飘花园"的新名字，而是他们难以忘怀的"老八杂"。

龙飘花园因其地理位置的优越，刚一开工，期房的销售就很火爆。到了工程竣工时，七百多套房子已经卖掉了百分之九十八，只剩十几套小户型的房子，几乎要清盘了，让同业人士颇为眼红。

那四幢高楼是银灰色的，它们就像昂首站立在马家沟河畔的四只仙鹤。这四幢楼都以花的名字命名：迎春座、丁香座、玫瑰座、菊花座。其中，迎春座和丁香座是大户型的，面积都在两百平方米左右，居住的是富人。他们几乎家家有汽车，所以停车场的车位供不应求。玫瑰座是中等户型的，菊花座则是小户型的，老八杂的人主要分布在这两幢楼里。

老八杂人的回迁，与那些富人的乔迁是不一样的。后者搬来的是高档家具、液晶电视、组合音响、柜式空调、消毒柜、微波炉、健身器械等物品，而老八杂的人，虽然舍弃了一些破烂东西，但搬来的不过是小屏幕的电视机，歪着脑袋的电风扇，杂牌子的电冰箱、陈旧的家具以及他们赖以为生的三轮车。龙飘花园有气派的会所、游泳馆和停车场，唯独没有可以停放三轮车的地方。老八杂的人没办法，只得把三轮车锁在花园的栏杆上。物业管理部门的人非常恼火，他们三番五次地给老八杂的住户开会，勒令他们把三轮车推走，说这个花园小区不是农贸市场，不能停放此类车辆，如果再犯，三轮车一律没收！老八杂的人说，我们靠它吃饭，把它扔了，等于砸了我们的饭碗哪！物业管理部的人竟然无理地说：你们这群叫花子，就不配住在这里！

这句话把老八杂的人惹怒了。他们回迁后，首先就对每年要交纳的上千元物业管理费和电梯费不满，说是你们找来几个人模狗样的人穿上制服，往门口那么一站，强行做我们的保安，不就是变相从我们口袋里往外掏钱吗？我们家里没值钱的东西，不怕偷！还有的人发牢骚说，我们原来住得离地近，方便又舒坦，现在整天忽悠忽悠地乘电梯，好像犯了错的人被人五花大绑给吊起来了，挨了吊还得交钱，有这理儿吗？而且，他们频频与新业主发生纠纷。老八杂的人出苦力的多，衣着怎能洁净呢？电梯空间狭小，逢了上下班的高峰期，里面塞得满满当当的，人挨着人，他们的脏衣服贴着那些熨烫挺括、散发着清香洗衣液香味的上班族或白领一族的人的身上，得到的白眼和呵斥可想而知了。老八杂人一住进龙飘花园，就成了受人唾弃的一群。而他们自己，满腹委屈，他们曾是这片土地的主人哪。他们开始后悔在动迁协议书上签字，他们怀念老日子，他们在彼此诉说辛酸的时候，会不由自主地聚集在丁香园中，只有那儿还有点老八杂的影子。三轮车事件，无疑是导火索，把老八杂人积郁在心头的怒火给点燃了。彭嘉许率领着老八杂的住户，与开发商再次展开了交锋。彭嘉许说：我们让出了土地，可你们一点都没有为我们老八杂人的利益着想！你们给那些有钱人建停车场、游泳馆、健身房，怎么就不想着给我们老八杂人建一个三轮车车棚呢?！我们改善了居住环境，可我们过的日子还不如从前！老八杂人又一次联名去相关部门，斗争的结果是开发商终于在会所的背面，辟出一块空间，为老八杂的老住户，盖了一个简易车棚。

龙飘花园的商服设施比较齐全。小型超市、洗衣店、擦鞋铺、理发铺、医疗站和美容院分布在四幢楼的底层。菊花座还有一座水果铺，不过老八杂人不喜欢它，说是它跟半月楼的水果铺比起来，简直就是一堆垃圾。他们想念丢丢，想念她的水果铺与老八杂人的那种贴心贴肺的感觉。他们一回来，就打听丢丢的消息，不知她的身体恢复得怎么样了。他们知道，那一年拆迁的时候，八月十五日的早晨，丢丢和她心爱的黑猫，飞向了工作着的推土机！叫悄悄的黑猫悄悄地死了，而叫丢丢的女人则丢失了一条腿。丢丢那天穿着蓝色的衣裙，说是比蓝蜻蜓还要美丽！老八杂人都说，丢丢的魂儿，离不开半月楼哇!

他们还从报纸上看到过一条关于半月楼的新闻。工程开工后，工人们在半月楼打地基，顺着地窖挖下去，竟然挖出了两只大木箱，里面装满了锈迹斑斑的枪支！根据专家的分析，这些枪支藏匿此处，看来主人不仅开舞场，还经营军火生意。伪满是日本人的天下，而且当年的关东军装备精良，那么枪支不会是提供给日本人的。它可能的去处有两个：一是提供给陷入困境的抗日联军打日本鬼子，二是供给流窜的匪徒打家劫舍。如果第一条假设成立，那么有关半月楼的舞女蓝蜻蜓抗日的传说就不是捕风捉影了。

这两箱出土的枪支，因为说法的不一，其形象也就截然不同。当它是为抗日联军增强装备的说法占了上风时，它就像神圣的耶稣；而当它是为了卖给土匪牟取暴利的说法占了上风时，它又像犹大了。所以它们一现身，就像个戴着面具的人，你不知道他们背后的形象，究竟是天使还是魔鬼。

但不管怎么说，它们的出现，已经使当年来半月楼考察的一些专家，开始反省对半月楼的处置有点草率了。看来这儿不是一个纯粹的舞场，在它表面浮动着的糜烂灯影和迷醉的烟花中，还有我们难以参透的刚烈之气。

丢丢伤愈出院后，被王来惠接到道外的家中静养，这两年一直住在那里。她失掉了右腿，又不想安假肢，只能拄拐。她常常拄着拐，在外面一逛就是一天。她喜欢到夜市中吃晚饭，馄饨、馅饼、绿豆粥、油炸糕、韭菜合子、小笼包子、烤羊肉串、煮玉米，都是她喜欢的。她打扮得仍如过去一样洒脱，宽松的衣裙，高绾的发髻，别致的耳环，当她拄着拐在街巷中穿行时，常引来别人的观望，有人还对着她发出叹息，大约觉得这样一个年轻而气质非凡的女人残疾了，实在是可惜呀。

丢丢并不觉得可惜。因为她在失去右腿的那个瞬间、在一生中唯一起舞的时刻，体验到了婆婆所说的离地轻飞的感觉，那真是女人一生中最灿烂的时分哪，轻盈飘逸，如梦似幻！她至今回忆起那个惊心动魄的时刻，仍有陶醉的感觉。她不记得自己是怎么穿上了蓝色衣裙回到半月楼的，只记得那个难忘的早晨她推开半月楼的门时，听到了悄悄的呼唤。它蹲伏在空寂的水果架上，哀怨地看着丢丢。丢丢走过去，抱起悄悄，坐在靠近壁炉的廊柱下。也不知坐了多久，忽然听见窗外传来了隆隆的声音，像雷声一样，越来越近。她知道这是几只天狗，要来吃月亮了。半月楼即将发生月食了！当墙壁发出震颤，丢丢仿佛看见了天狗正在用尖利的牙齿啃噬着这半轮月亮，她浑身颤抖着走向门，打开，阳光蜂拥而入的瞬间，悄悄飞了出去，她也随之飞了出去！她飞得那么的自由，浪漫，在一片绚丽的光影中幸福地失去了知觉。

丢丢醒来的时候，她已经经历了一场长达六个小时的手术，她的右腿不见了。守候在她病床旁的，除了齐耶夫，还有柳安群。齐耶夫的眼睛红肿着，柳安群的嘴唇则颤抖着。他们都想跟她说点安慰话，可谁也没说出口。丢丢没有想到，自己在昏迷之时，推土机司机拨叫了120急救电话，她被送进的这家医院，恰好是柳安群工作的地方。当丢丢被抬到急救室，他认出她，看着她血肉模糊的腿时，柳安群的眼睛湿了。几个专家会诊的结果，她的右腿必须截肢，由柳安群执刀手术。事后柳安群跟丢丢说，他本想推托身体不适，由别人来做这个手术，但一想到这是他最后一次抚摩她的腿了，就进了手术室。当他锯着她的腿时，想起他们在一起曾有的快乐，觉得自己的心都在滴血。他说自己那个时刻多么希望丢丢的腿是月宫中的桂花树哇，那样谁也砍不倒它！它每落一次枝，又会立刻生长出来！正是这句话，把丢丢对柳安群曾有的记恨一扫而空，她能坦然面对他关切的目光了。

丢丢住院的日子，齐耶夫只上半天班，他把大半的时间腾出来陪伴妻子。尽管丢丢一再跟他说自己并不觉得痛苦，可是齐耶夫一看到丢丢的残肢，眼泪就抑制不住地流下来。他憎恨自己。如果搬迁的前夜他不讲他和罗琴科娃的故事，也许丢丢就不会在绝望中返回半月楼，要做一回起舞的蓝蜻蜓。如果丢丢死了，他的生活再也不会有光明了。

齐耶夫不再去找罗琴科娃，对她除了一份怜惜外，再也没有那种爱到深处的锥心刻骨的思念。直到这时他才明白，他爱丢丢。丢丢的根扎在这里，这里也就是他的故土了。

丢丢出院后，王来惠要接丢丢去她那里，丢丢没有反对。丢丢说，我从小就是在道外学会走路的，现在我又得练习走路了，还是回到老地方吧，那样，走路会走得好。果然，丢丢在父母和哥哥曾经走过的街巷中，重新站了起来，学会了拄着拐走路。她去松花江畔看落日，去夜市听市井的喧闹之声。齐耶夫为了齐小毛上学的方便，仍然住在南岗租住的房子里，但每隔一两天，他都要回道外看望丢丢，用食盒提着他精心为她做的饭菜。由于要不停地奔波在南岗、道里和道外，齐耶夫两鬓苍苍，头发也掉了多半，日渐消瘦。丢丢心疼他，让他辞了红莓西餐店的工作，可齐耶夫说他喜欢这份工作，舍不得。年初，龙飘花园竣工后，齐耶夫悄悄贷了一笔款，把玫瑰座的房子调换到丁香座，他要了三楼正对着丁香园的房子，他知道，丁香的气息将是一股看不见的线，会拴住丢丢的心。他在装修房子的时候，最着意装饰的就是对着丁香园的阳台。他为阳台贴了紫罗兰色的墙纸，安上了羊皮吊灯和蛋青色的窗帘，放置了茶桌和藤椅，他希望丁香花开的时候，妻子能像以往一样，享受春天的美好。

齐耶夫在初冬时和齐小毛搬回了龙飘花园。他们安置好了，这才接丢丢回家。丢丢回家的那天，是个飘雪的日子。从道外到南岗，处处塞车。驾车的王来惠不停地对丢丢说，你回去要是相不中那儿，觉得它没有过去的老八杂好，千万告诉我，咱把房子卖了，再找别的地方！人活着，可千万别憋屈着！齐耶夫说，丢丢会喜欢新家的，家的阳台下面，就是丁香园哪。

汽车裹挟着雪尘，终于到了龙飘花园。在入口处，丢丢让王来惠把车停下，说她想步行回家。王来惠理解丢丢的心情，她在掉转车头回返的时候，摇下车窗，大声对丢丢说，雪大路滑，千万小心哪。

丢丢拄着拐，在齐耶夫的陪伴下，走进龙飘花园。那四幢屹立在马家沟河畔呈波浪形散开的大楼，在飞雪的萦绕下，就像四只要飞向天空的苍鹰，是那么的雄健！就是它们，使老八杂那些破败的房屋如乌云般散去。丢丢站在小区的人行道上，怔了一刻，这才跟着齐耶夫缓缓朝前走去。菊花座与玫瑰座之间，是三层的会所，而过了玫瑰座，就是金字塔形的游泳馆。再向前，是健身娱乐的场所：篮球场，羽毛球场，乒乓球场等，它们周围，环绕着橘黄色的回廊和凉亭，里面设有石桌和石凳。再向前，就是让丢丢怦然心动的丁香园了。远远地看见那片丁香，丢丢就像见到了久别的亲人，很想哭。齐耶夫知道丢丢伤感，想让她平复一下心境，便对她说，歇一下再走吧。丢丢答应着，停下来，回转身，看着通向大门的宽敞的路。路上行驶着的，都是漂亮的私家车。但在这些车辆中，有一辆三轮车，正迎着风雪，从菊花座向大门艰难地蠕动着！从蹬车人的背影可以看得出来，那是卖鱼肠粥的彭嘉许呀。丢丢一阵辛酸，赶紧低下头，看脚下的雪。她留在雪地上的两行脚印并不对称，因为一行是足迹，另一行是拐杖对大地的敲击！人的脚印像葫芦，而拐杖的印痕如同鹿蹄窝，是那么的好看。丢丢目送着那辆三轮车出了大门，然后转身，继续向前。当他们走到丁香园的时候，看到一个白发苍苍的老人抱着个两三岁的男孩从丁香座走出来。老人戴着黑色的毡帽，男孩则戴着红色的绒球帽。老人边走边逗引男孩：丢丢啦，给爷爷丢一个！丢丢啦，给爷爷丢一个！男孩立刻挤眉弄眼、噘嘴耸鼻的，做出"丢丢"的怪相，老人乐呵呵地夸赞：啊，丢得好，丢得好！

　　这对爷孙的出现就像一道阳光，让丢丢快乐地笑起来。齐耶夫握住丢丢的手，也跟着笑起来。不过他笑着笑着就剧烈咳嗽起来，撒开丢丢的手，弯下腰，吐出几口血痰！丢丢看着白雪地上那几点鲜红的痰迹，吓得瑟瑟发抖。齐耶夫直起腰，擦了擦嘴，牵起丢丢的手，柔声地安慰着妻子：别怕，老天知道你喜欢水果，特意让雪花为你搭了个豁亮的水果架子，再让我撒上几颗红草莓，迎你回家呀。

《收获》2007年第5期